义之光：前传①

著

线装书局

图书在版编目（CIP）数据

正义之光. 前传+① / 光照大地著. -- 北京：线装书局，2025. 1. -- ISBN 978-7-5120-6297-9

Ⅰ. I247.5

中国国家版本馆CIP数据核字第2024MR5216号

正义之光：前传＋①

ZHENGYI ZHI GUANG：QIANZHUAN+①

作　　者：	光照大地
责任编辑：	程俊蓉
出版发行：	线裝書局
地　　址：	北京市东城区建国门内大街18号恒基中心办公楼二座12层
电　　话：	010-65186553（发行部）010-65186552（总编室）
网　　址：	www.zgxzsj.com
经　　销：	新华书店
印　　制：	河北帆泊印刷有限公司
开　　本：	710mm×1000mm　1/32
印　　张：	5.5
字　　数：	86千字
版　　次：	2025年1月第1版第1次印刷
印　　数：	0001—2000册
定　　价：	36.00元

前言 Foreword

神域之初，一片混沌！神主浩瀚不希望再看见混沌不堪、黑暗无序！消耗了自身所有的能量！使神域充满了光明，同时，也出现了生机！

过了许久，浩瀚孕育了九个孩子！因缺乏生机而创造出人间的无忧；为人聪慧又善良的极乐；充满朝气与力量的灼烁；富有野心的无苦；如天使般纯洁善良的念慈；一直潇洒不羁的无惧；一直天真地深爱着大哥的无邪；一直深恋着灼烁的无悔；还有意气风发的断心！

因大哥无忧首先创造出人间，众神受到无忧的启发，分别创立了自己的事业。而拥有野心的无苦，却在谋划一个阴谋！他挑起神域大战！欲使神域与人间重回黑暗的统治！继承父亲意志的灼烁，与其对抗！最后，不得不燃尽自己，驱散黑暗！变成了照亮神域与人间的太阳！

太阳神灼烁虽然已经失去肉身，但他与月亮神的孩子却被护送至人间。受重伤的无苦知道了这件事情，便派去地狱精英,除掉太阳神之子!但小小年纪的灼自光,不输其父,他在困难中成长!最后,击败地狱神无苦!拯救了神域与人间!

　　自古以来,谬误与真理总是共存的!因为真理的缺失便是谬误!正义之光系列秉承着弘扬正义!揭露真理为主旨。

目录 CONTENTS

正义之光前传

第一章　创世无忧 …………………………… 003

第二章　神佛极乐 …………………………… 005

第三章　太阳灼烁 …………………………… 008

第四章　地狱无苦 …………………………… 014

第五章　天使念慈 …………………………… 019

第六章　剑仙无惧 …………………………… 026

第七章　妖祖无邪 …………………………… 035

第八章　幽冥无悔 …………………………… 039

第九章　魔王断心 …………………………… 042

第十章　神主浩瀚 …………………………… 045

正义之光①

第一章	我叫灼自光	……………………	073
第二章	神力初现	……………………	085
第三章	地狱熔岩	……………………	092
第四章	变星巧姬	……………………	103
第五章	移花接木	……………………	110
第六章	水落石出	……………………	117
第七章	幽冥猎人	……………………	129
第八章	勇士对决	……………………	134
第九章	天国之旅	……………………	142
第十章	森林中的神秘少女	……………	150

正义之光前传

第一章
创世无忧

"无忧,你在想什么呢?"无邪望着看向远方深思的无忧问道。四周乃至远方都是白茫茫的一片,就连脚踩的地都是白茫茫的。

无忧望了一眼身穿粉红色裙子,头扎两条马尾辫的小姑娘,对她说:"我经常在想,我是谁?我来到这里究竟要干什么?不过现在我想明白了。我已经活了几千万亿年了,我感觉,浩大的神域里,就咱们几个有'生命'的,太缺乏生机了!"

无邪调皮地摇了摇头,瞪着水汪汪的大眼睛说:"我不这么觉得,只要有你在我身边,我就不会感到缺乏生机。"

身着一身蓝色的无忧看了看小姑娘坚定的眼神,对她说:"我这几天突然感到了前所未有的空虚,是时候该做点什么了!"

无邪问他:"那你想做点什么呢?"

无忧昂首挺胸充满自信地说:"我想创造一个全新的世界,那里有山、有水、有树,还有最重要的就是可以繁衍下去的生命!"

无邪加大声音对他说:"那样将会耗尽你所有的神力,到那时,你将跟一个普通人没什么区别了!也就一百年左右的寿命。"

无忧坦然地说:"不错,我要管这个世界叫作人间!我将会成为普通人,也会经历死亡,但生命将得以永远地繁衍下去,神域也将不再寂寞。"

说罢,无忧便向下方快速飞去!直到抬头向上再也看不到神域时才停下。无邪默默地向下凝望,眼角偷偷地流下了泪花。

只见无忧将全部能量集中于双手之上,双手掌心相对,集中意念将希望创造的世界构思出来,然后分开双掌朝向前方,说了声:"变!"一个有山、有水、有树,有生命的世界被创造了出来!随即他又喊了一声:"大!"将双手向两边快速分开,直至眼前的世界与神域一样大。随后无忧变成一束蓝光,飞入这个赫然耸立的世界之中。

第二章
神佛极乐

无邪着急地飞向二哥,但是由于飞得太快,没刹住闸,撞到了二哥的肚子上,被弹了回来,后退几步,立定后,快速地把大哥所做的事情告诉给极乐。极乐总是一副微笑的样子,身体偏胖的他总是穿一身大橙袍子,每天优哉游哉的,他那圆脸肉嘟嘟的,一笑就更圆了,好慈善的样子呢!

极乐听罢,说道:"这是好事呀!走,咱们也下去看看。"无邪便跟随他一起下去了。

转眼间,二人便飞速下来。迅速着陆的重力加速度将周围的水溅起一丈来高!极乐笑着挠了挠光头说:"不好意思,把你带到大河里了。"

无邪俏皮地说:"你可真会挑地方降落啊!"虽然

水被击起后又向他们涌来,但他们两个周围似乎有屏障将水挡在外面,他们却可以在水中自由行走而不染湿!

走出河流后,他们踩着柔软的草地,闻着各种鲜花的香味,有绿树为他们遮阳,河水哗哗地流淌,鸟儿喳喳地欢唱,林里的小动物都非常安详地生活着,再往前走便看到了一个村庄,具有高级智慧的人类便居住在那里,无忧显然已经成为这个部落的族长。

无邪一下子就认出了无忧,便快速地跑了过去,推开众人,挤到被众人围在中间的无忧身边。虽然无忧苍老了许多,但还是逃不过无邪的锐眼。极乐则瞬移至他们身边。

无忧激动地对他们说:"二弟,七妹,你们来了,怎么样?我创造的人间还可以吧?"极乐回答说:"太棒了!我都有点想做大事的冲动了!"无忧说:"得亏你来了!要不然我就只能眼睁睁地看着这些生命消失了!"无邪忙问道:"怎么了?出什么事了?"无忧说:"我创造出这个世界几乎用尽了我全部的神力,可是后来才发现,我忘记了创造太阳!所以我只能用自己仅剩的神力制造出一个小太阳,虽然也能维持这里的生机,但它只有百年的寿命,百年过后,我仅存的神力消散,太阳也自然会消失!不过有二弟这个发明能手在,我就放心了。"

极乐说:"昂!那好办,如果用神力直接制造一个太阳,还得不断消耗神力来维持,不如,我给你们用材料制造一个聚变太阳吧!虽然小了点,但带动整个人间的生命还是绰绰有余的,而且只要没有人故意毁坏,它是不会坏的。"说罢,他便在手中很快地创造了出来,抛向空中,自动顶替了原来的太阳,原来的太阳消失了。

无忧对二人说:"谢谢了!既然来到了我这里,就应该好好招待一下。"无忧将他们二人引进屋里,看了座,便叫道:"来人,把我们这里上好的谷物,新摘的水果、蔬菜,还有果汁都拿来。"不一会儿,菜便上齐了,三个人边吃边聊,甚是愉悦。

吃罢,极乐告辞,无邪虽有些不舍,但还是被无忧劝回了。刚回到神域,极乐就笑嘻嘻地和无邪作别,只身往西边飞去,一直到西边的尽头,在那里创办了佛界,以此来收录人间的慧根。

第三章
太阳灼烁

  神域中心偏北处是神域的核心——伟神殿！里面蕴含着众神之主的意志！是神域九兄妹为其父亲建造的，以此来纪念父亲的伟大功绩，而至今九兄妹中没有一人能继承父亲的意志，这是因为他们到现在为止，竟没有一人能碰一下最强法器——光之结晶，更别提使用它了。只有能够完全调动光之结晶能量的人才能继承父亲的意志。

  伟神殿正门前方不远处，也就是神域正中心，那里有两个相邻的置宝台。右边置宝台放着的，不断散发出光芒的便是光之结晶；左边置宝台放着的，银白色心形状的便是月亮之心。

  光之结晶内具有无穷的能量，但由于这能量太过于强大，所以没人能靠近它，众神还没等靠近呢，就已经被灼烧到了，而左边的月亮之心虽是一件法器，但却拥有生命和智慧！

经过长时间的成长，月亮之心竟能显化真身，以自己的意愿化身成为一个美丽的女子。初见偌大的神域，一眼望去，怎么也望不到边，这瞅瞅，那看看，好像一切事物对她来说都是新奇的！那天真的小脸蛋可招人喜欢了！

众神九兄妹中，最出色的无非就是老三——灼烁，各方面都是众神中的佼佼者。但，就算是他，到现在也没能碰光之结晶一下。众神除了无忧外，其他八位神都对无穷的力量有所向往，其中灼烁对光之结晶的向往更加纯正与持久。

武月慢慢悠悠地欣赏神域的每一处风景事物。突然他看见远处一个男人正在修炼神法，便就近躲在一块巨大的云石岩后面。她心想，练功之人不可打扰。于是就躲在巨石后面偷偷地观看。她仔细打量了一下这个男人，却总有股莫名的熟悉感，特别是他施展神力时所散发出的能量。

正想时，突然见那男子瞅向这里，说了声："什么人？"伸出手掌对准石岩就是一个光爆弹！武月赶快缩回头，蹲下身子，双手紧抱脑袋。只听"啊——！"的一声尖叫，石岩被炸成无数块碎砾！武月虽毫发未伤，但她正在瑟瑟发抖，裙子也被染上了灰尘，那个男人瞬移到她面前，她抬头看了一眼这个男人道："瞅什么瞅！真是个莽夫！下手这么重！"那男人被她的美貌与神慧的双眼给惊艳到了！他不好意思地挠挠头，又看出她有些腿软，于是伸出手掌不太好意思地笑笑说："不好意思啊！我练神法时有一个习惯，只要察觉到附近有能量波动，我就会迅速做出反应，没伤到你吧？"武月将手放在这温暖的手掌上，那男人便将她拉了起来，立定后武月生气地回答说："伤倒是没伤到，可是吓到我了！"又随手抖了抖裙子上的灰尘。那男人高兴地再次伸出手对她说："你好！我叫灼烁，很高兴见到你。"武月看了看灼烁，他那兴高采烈的样子，使武月不由得把手再次握了上去。武月回应说："你好！我叫武月。"灼烁充满疑惑地问她："你是哪里来的？怎么以前从来没见过你呢？"武月此时心想，你没见过我，我可见过你哩！一天天的，众神之中就数你对光之结晶的向往最辛勤，我在旁边每次都能感觉到光之结晶与你能量的碰撞，搞得我连一个好觉都睡不着了！随即便回答道："这是个秘密！就不告诉你，你自己猜吧。"武月又调皮地说道："你看，咱俩非亲非故的,你把我吓成这样儿!怎么说也得给我点精神补偿吧?"灼烁爽快地答应道:"那好!你说怎么补偿?"武月想了想对他说:"我觉得你刚才练的神法好厉害呀!只要你能教我点神法,这事就算过去了。要是以后再遇到刚才那种情况,即使打不过,学点神法自保总可以吧?"灼烁点了点头说:"嗯,说得有道理,那我就教你些神法!不过先得看看你是不是学习神法的料。"说罢他让武月伸出一只手掌,叫她集中意念,将能量汇聚于手掌之上。武月果然聪慧!一点就通,只见一道道银白色的能量在其手上运行自如!灼烁见状高兴地说:"太妙了!不是神体,却可以汇聚神力!就凭这一点!我教你神法完全没问题!"于是二人相约每天都在此处练习神法,一个教,一个学,配合得还挺默契。

　　转眼间,灼烁已经把自己会的所有神法和体术功法全部都教给了她,她倒是也给力,学得又好又快,而且还融会贯通,创造出了属于自己的神法特技!灼烁看着这个既聪明又美丽的学徒,第一次感到心跳得如此剧烈,他激动地对她说:"恭喜你!你现在毕业了!"灼烁的鼻子有点酸酸的,因为教她神法的这些日子里,是他一生中最快乐的时候!但现在已经结束了,他竟有些不舍。武月似乎察觉到了什么,便笑笑说:"大男人难道还要落泪不成？又不是以后再也见不着了，当然，为了报答你教我神法，我也告诉你一个对你有帮助的秘密！你听好！要想调动光之结晶的能量，就必须要得到光之结晶的认可，而不管你有多么强大，要想得到光之结晶的认可，就必须同时具备永不磨灭的勇气和坚定不移的伟大信念！心中永远拥有一颗温暖世界的太阳！方可驾驭得了它。好了，我也该走了，日后我们有缘再见吧！"说完，武月化作一束银光飞走了。灼烁并没有去追，只是有点失落。

第二天一早，灼烁便来到光之结晶面前，从未被触碰过的光之结晶，这次居然有了感应，自动地与灼烁融为一体。从此，灼烁便继承了父亲的意志。

旁边的月亮之心居然说话了："终于能睡个好觉了！"

这下可把灼烁吓了一跳，他惊讶地说："月亮之心！几千亿年了，都没见你说过一句话，今天怎么开口说话了？"月亮之心答道："别用老眼光看人！我不说话，不代表我永远不会说话！还有，才一天不见，你就连老朋友都不认识了吗？"灼烁疑惑地说道："你是？……"月亮之心变化成人形，眼前这名女子不正是武月吗？灼烁傻了眼，武月发现灼烁瞅着她发愣。便对灼烁说："发什么呆呢？我自从被创造出来就只有一个任务！那就是守护在光之结晶身旁,现在你将光之结晶带走了,所以你必须把我也带走!"灼烁深情地说:"我怎会把你当作一个物件带走呢?我要把你当成我的妻子娶走,从此永远爱护你!你愿意嫁给我吗?"灼烁秒变西装单膝跪地以做求娶之姿,手中变出一颗钻戒,递了过去!武月望着灼烁坚定的眼神,摇身一变,一身洁白的婚纱已穿在身上,羞羞地将手递了过去!灼烁为她把钻戒戴上,武月也把自己托付给了眼前的这个男人。

第四章
地狱无苦

无邪这几天又坐不住了！她心里总是想着无忧，这次她随四哥无苦一起来到了人间。

无苦是众神中武力最强的！那威严的身躯，一看就是个狠人！无苦对无邪说："你先去看看大哥吧！比起他，我对这里的人类更感兴趣！"他们便就此分开，一个游览人间，一个径直赶往无忧所在地。

无邪对无忧的能量特别敏感，很快就在一个山洞里的大石台上找到了无忧。无忧正闭着双眼，盘腿坐在一个大圆石台上，无邪定睛一看，无忧的头发已经全白了！长得已经耷拉到地！无邪感到无忧的气息非常微弱，于是立刻用神力给他续命！无忧的头发瞬间又恢复了年轻时候的色彩，无忧慢慢地睁开眼睛，看向无邪对她说："为什么不让我也经历一次死亡呢？"

无邪坚定地对他说："只要我活着，就不允许你死！"

这时，无苦出现在他们面前，并对大哥无忧说："我刚才快速地游览了一下人间的整个风貌，我发现大哥创造的人类现在已经出现了堕落的现象！"随后，他将手朝向山洞的墙上一挥而过，山洞墙上被他挥过的地方便显现出各种人类堕落的影像：奸淫！战争！杀戮！残暴！部分人类的恶习早已曝光！无苦质问道："你创造的人类，有的现在不但产生了堕落的思想！更有甚者还将堕落的思想付之于实践！可你还在这里无动于衷，一点都不着急吗？难道你创造出人类就是为了让他们互相伤害吗？"无忧回答道："我着急有什么用？你想让我现在去阻止他们的恶行？可你也看到了！我现在的状况，就连生命都需要七妹来维持！就算我去阻止他们，我能阻止了他们一时，可是，能阻止了他们永远吗？"无苦不解地问："那你为什么还这么淡定？"无忧对他说："因为人类一定会为他们的恶行付出惨重的代价！"无苦再次质问道："你就这么确信？"无忧瞅了一眼无苦，却没有作答。过了一会，无苦感到无趣，便打算离开，等无苦转身向洞口走去时，无忧回答道："四弟你可知，玩火，可是很容易自焚的！"无苦听完头也不回地飞回了神域！

随后无忧便问道:"七妹,你不应该也回去吗?"只见无邪将双臂平举,手掌向外,原地转了两圈,手掌中的粉色光芒便充满整个洞穴,将洞内变得和她自己的闺房一样!房内竟然还长出了淡粉色的樱花树!圆盘的石桌上放着些许糕点与清茶,满屋充满了花的香与温暖的粉色调!无邪惬意地倒在了大软床上,面朝着无忧说:"反正神域里也没我什么事,我就在这里陪着你好了!"

无苦回到神域,便盘坐起来,闭上双眼,进入修行。这时有一只黑鸟飞到无苦的肩头落下,在无苦的耳旁嘀咕了几句!无苦突然睁开双眼,只见无苦双眼被黑暗吞噬!吐出一口血来!黑鸟飞走了,这时无苦的身体周围开始散发出黑气!只听见一个声音在和无苦对话。

"好好吃的味道啊!谢谢你让我复活!"

无苦右转头,问:"是谁?"左转头,问:"是谁?"又向上仰头大喊:"你到底是谁——"

那个声音说:"我是谁并不重要!重要的是,我感到你此刻非常愤怒!嫉妒!怨恨!不甘!是什么消息让你如此愤怒呢?如果我猜得不错的话,那就是你三哥已经得到了光之结晶,成了最强的男人,并且已接替众神之主的位置!你怨恨他!嫉妒他!并且很不甘心!"

无苦说:"不!这不可能!"

那个声音叫道:"怎么不可能!你三哥已经融合了光之结晶,这已经是事实!我是在你心中诞生的!所以我知道你的情绪波动,也知道你在想什么!只要你让我吃饱,我恢复了能量,也能让你拥有可以和光之结晶匹敌的力量!"

邪恶战胜了无苦心中最后一根善良的稻草!从此地狱神出现了!

无苦说:"好!告诉我,你喜欢吃什么?"

那声音回答说:"我最喜欢吸收的就是,邪恶!痛苦!恐惧!哀怨!愤怒!嫉妒!残暴!无耻下流!恨!等诸如此类的能量!"

无苦说:"那倒也容易!我倒是有一办法,可以源源不断地给你产生这种能量!这次我去人间,发现了许多罪恶的灵魂!不如我把人间的这些罪恶灵魂摄将过来,让他们也体验一下罪恶的滋味!以此来为你提供源源不断的恶能!"

那个声音回答说:"嗯!这个办法好!能产生恶能的灵魂越多越好!只要我恢复了全部的能量,便赐予你可以和光之结晶所匹敌的力量!"

无苦再次问道:"能告诉我你到底是谁吗?"

那个声音哈哈大笑道:"我因恶而生!因坏而起!

无名无姓,我就是那无形的黑暗!"

于是无苦便按计划行事,先在人间收集罪恶的灵魂,再回到神域最北边,在那里创办了地狱界!专门收录人间罪恶的灵魂!使其在地狱中受苦!那里恐怖如斯,外形看着像座山,里面漆黑不见天!地下熔岩在燃烧,四周岩壁坚如铁!到处都有束缚灵魂的铁链,与惩罚罪恶的刑具。真让人毛骨悚然啊!因此不断产生,邪恶!痛苦!恐惧!哀怨!愤怒!绝望!嫉妒!恨!残暴!污秽!下流等能量!不断有哀声长鸣!悲声长啸!

第五章
天使念慈

  浩大的神域里,四季阳光明媚,温暖舒适,空气清新,这里的土地是白色的,像棉花一样柔软。神域有些地方,也分布着各种绿色植物。

  神域南部的一些地方,空气里总是充满着淡淡的花香,这里的鲜花得益于舒适的环境,四季常开!温度刚上来,就见一位少女在花间奔跑!享受着早晨阳光给予的温暖与各种花的清香。她自由地奔跑着,欢快时,嘴里哼着小曲,转转身,踢踢腿,像是在跳舞。只见她所经过的地方,花草绿植都被她影响得欢快起来!不但长得更加精神了!而且听着她的小调,左右摇摆着脑袋!这里的一切都因为她的经过而变得更加美好!

  突然一阵掌声响起,她朝向发出掌声的地方看去,原来是一个白衣少年正向她走来,这少年一头黑发,长得颇为潇洒,后面背着一个用白色绷带包裹的东西,腰间还挂了个葫芦。少年边走边对她说:"五姐的舞姿又变漂亮了!"念慈对他说:"六弟今天怎么有空上我这里来?"那少年对她说:"无聊呗!神域我早就逛遍了!就咱们几个大活人,真没趣!"念慈用手一挥,二人面前便出现了一个圆石桌与两个木椅,桌上还有两杯冒着热气的茶。念慈用手掌指着对面的座,让少年坐下。念慈对他说:"六弟,看来你这境界还行啊!怎么感到无聊了呢?是不会欣赏寂静的美了吗?"少年回答说:"不是啊!我听说最近神域变化可大着呢!大哥无忧创造了人间!二哥极乐创办了佛界!三哥灼烁已经掌握了光之结晶的全部能量,接替了神主的位置!四哥无苦创办了地狱界!专门惩治人间的罪恶!这么大的变化,我还真有点坐不住了!我对创办什么,并没有太大的兴趣!但我也不想一事无成!本人虽然逍遥自在惯了,但也不想落你们太远。"

"昂,原来你是为这事发愁啊!我发现,无论是二哥还是四哥,他们都是游历完人间才创办的事业!不如咱们俩也下去看看?"

"好!我早有此意了,只是想五姐你了,所以顺道过来看看你。"念慈温柔地摸了摸他的头，笑着说："你这个小滑头啊！"

二人快速地向人间飞去，他们在一片清水林间着陆。

突然林中吼声震天，只见林间跳出许多猛虎！眼神中充满着敌意！少年挡在前面，对念慈说："五姐你快走！我来陪它们玩玩。"念慈对他说："不要伤了它们的性命，它们可能只是受到了惊扰，才会这样。"少年笑着答应道："好的，五姐，我知道了！"于是念慈使用魔法制造了一个时光通道入口，她飞了进去，从通道的另一端出口飞出。念慈关闭时光通道，又向前方飞了一阵子。突然，她听到孩子们的欢笑声，她向声源望去，那是一所学校。看来我已经进入了人类的城镇区了！她换了身人类的装扮，隐身飞进这所校园！校园的名字叫作——鸿英小学，念慈四处观望着，原来，所有的学生都在操场上玩耍，欢乐声从操场的四处传来，大家都在三五个一伙地做游戏，只有一个小女孩孤零零地蹲在一个角落里摆弄着布偶娃娃。这个娃娃是她在学校的垃圾桶旁捡的，不知是被哪个喜新厌旧的主抛弃的，就像她的身世一样。

小女孩虽是孤身一人，倒也玩得开心，丝毫没有伤心的表情，只听到一个男孩说道："快看！她在那呢！"他左边的另一个男孩说道："小笨蛋！吊车尾！没人要的野孩子！总算找到你了！"

他右边的男孩恶狠狠地说："这下看你往哪儿跑！"他们边说还边拿地上的小石子扔她！只见女孩把布偶夹在腹部与大腿之间，双手护住脑袋，蹲在那里一动不动，默默地忍受着这一切。三个男孩见状，没了兴致，为首的走了过去一脚踹倒了小女孩，把布偶从小女孩手中抢了过来，得意地对她说："你不是很喜欢它吗？我就当着你的面把它弄碎！"随后，男孩便拧下了布娃娃的头，将布娃娃的头砸向曲臂撑地的小女孩！同时又将另一只手握的布偶身体，扔在地上狠狠地踩了两脚！看了看小女孩无奈的样子，做了一个鬼脸后，便领着另外两个男孩离开了。

念慈把刚才的一幕尽收眼底，现在心里真是又愤怒，又怜悯，又不解。愤怒的是三个男孩的言行！刚才她差点忍不住施展神力，但她强压怒火使自己平静，因为她怕她愤怒的时候，出手过重，要了那三个男孩的性命！那三个男孩固然可恨！但罪不至死！慈善的神总是给人改过自新的机会！怜悯是因为小女孩的遭遇，而不解是因为小女孩在遭遇了这些后，还是一副很平静的样子，为什么不反抗呢？

她继续观察小女孩，这时小女孩才把布偶的头与身体重新拾起,扑了扑布偶身上的土,将布偶捧在手里,她想将它拼好,却怎么也合拢不了了。此时小女孩泪水已充满眼眶,似乎就要喷涌而出!这时念慈再也忍不住了!隐身的她变成一束光,飞进了小女孩手中的布娃娃身上,娃娃的头和身体竟然奇迹般地复合了!

小女孩热泪盈眶,似乎非常高兴与惊讶。这时布偶动了动,还说话了!布偶对小女孩说:"小姑娘,你这是怎么了?为什么没有小朋友跟你一起玩呢?"小女孩把布偶娃娃当作自己唯一的朋友,见布偶这样问她,她终于把自己的全部经历都说了出来。

小女孩对它说:"我从小就是个流浪儿,不知道自己的亲生父母是谁,一开始有一对夫妇收养了我,可后来他们有了自己的孩子,便抛弃了我,那天我流落街头,是这所学校的校长把我领进了这所学校,告诉各位老师收留并教育我!学校就是我的家!学生放学都各回各家,而我就一直住在学校里,可能是因为我脑袋很笨,考试总考最后一名,同学们都不待见我,还总是拿最后一名来取笑我!班级的三恶霸,不知道怎么知道了我的身世,总是欺负我。于是,所有人都像躲避瘟疫一样躲避我!除了你,没人愿意和我在一起了!"

布偶又问:"那三个男孩如此欺负你,你怎么不反击呢？"

小女孩天真地答道："老师说过，打架不是好孩子！所以我要做个好孩子！我不打架！而且女孩子打架时就不漂亮了！"布偶又忍不住问了一句："那他们这么欺负你，你不告诉老师吗？"小女孩回答说："我告诉过老师，老师能管得了一时，可过后他们依然这样！不过我也习惯了，自从我捡到了你，我每天都过得很开心呢！遇到困难和危险我都是一个人微笑地度过。"小女孩说完，擦了擦眼睛，开心地笑了笑，那笑容比世界上的什么都纯洁、美丽！

这时，念慈从布偶身上出来，化作一位大姐姐，布偶就再也不动了，也不再说话。

念慈看着惊讶的小女孩对她说："别害怕，小姑娘！我并不是人类，刚才与你说话的并不是布偶，而是我！"小女孩感激地说："那一定是你用魔法把我的布偶修好的！和新的一样，完全看不出有损坏过的痕迹！谢谢你啊！漂亮的大姐姐！"念慈再次表示怀疑地问道："他们这么对待你！你真的一点都不生气？不怨恨他们吗？"

小女孩底下头喃喃道："我只是不喜欢他们这么对待我，我并不怨恨他们，我只怪自己太笨了！我希望有一天他们也能像对待其他孩子一样平等地对待我！"说完，她眼中充满希望地抬起头，看向这位大姐姐。此刻念慈被这个小女孩的天真与善良打动了！于是对小女孩说："你愿意以后跟随大姐姐，弘扬爱心与善良吗？"小女孩激动地说道："我愿意！如果世界上人人都充满了爱心与善良！那么世间也就不再有恃强凌弱的现象出现了！取而代之的将是温暖人间！"小女孩的眼神非常坚定！随后念慈便拉着小女孩的手飞回神域。

回到神域后，她便在神域的最南边创办了天堂界！念慈便是天使神！小女孩成了小天使！还是念慈姐姐的得力助手呢！在那里是如此的美丽与温暖！从没有污秽产生！我不敢说，还有什么地方比天堂更美了！从此，小女孩便和念慈一起在人间招揽善良的灵魂，并根据生前的善良程度与功绩的大小来赐予他们美好的归宿！

第六章
剑仙无惧

　　无惧生来就与其他兄弟姐妹不同，一出生，背后就背了一把大剑！而他本人长得也是潇洒不羁，总是随心所欲地四处游览，历练身心！

　　在丛林中，为首的猛虎大吼了一声！全部的猛虎将无惧围了个里三层外三层，不停地围着他踱着步子！随时都有可能扑上来，发动猛攻！

　　这时的无惧还是很淡定地自语道："还挺聪明的吗！这下得认真点了！"随后拔出背后的大剑，缠在上面的绷带自动地渐渐打开，露出一把碧绿色的大剑！只见他把大剑在空中挥了两圈，猛力地插向地面，这时从插入处向四周冒出许多剑气，把一拥而上向他扑来的猛虎全部击飞出去！足足有一里来远！他的剑并未出鞘，猛虎们就被他击伤。但都没有伤及性命！自知不敌的猛虎们便纷纷退去。

这下林子里安静了不少，无惧突然感到口渴，摸摸腰间的葫芦，里面空荡荡的，什么也没有，于是便飞在空中寻找水源，正四处寻找时，他闻到了淡淡的水果香，无惧最乐意吃水果了！向下一瞅，原来，林子尽头处有几棵苹果树，树上结满了又大又红的苹果，无惧飞到一根又粗又长的枝头上，放松了双腿，倚在树干上，摘下一个大苹果，就吃了起来。

不多时，他听到有一伙人向这边走来，他停止啃咬苹果，向这伙人瞅去。原来这伙人是强盗，身上都揣着家伙！为首的拿着一把砍刀正勒索着一个书生向这边走来，不一会儿，书生就背靠着大树，被强盗们给围了起来！强盗头子对他说："把身上所有值钱的东西都交出来！不然要了你的小命！"书生说："各位大哥，饶命啊！我是进京赶考的，身上就带了点盘缠，你们要是抢了去！我可怎么办呀！求各位大哥放我走吧！"强盗头子比刚才更凶了，晃了晃大砍刀，说："少废话，快点拿出来！不然，我让你立刻身首异处！"见书生还不照做，就给手下使了个眼色，几个手下开始上去搜书生的衣服。这时无惧将啃剩下的苹果核扔向强盗老大！正中老大的脑袋。老大"哎哟"一声说:"谁,谁,谁打我!"并四处寻找打自己的人。一个手下指着地上的苹果核说道:"老大,这里有个苹果核!"另一个手下说道:"快看!树上有一个毛猴子!"众强盗都向上看去。无惧站在树枝上对强盗首领说:"别找了,就是我打的你!"强盗首领用刀指着无惧说:"小子!有种你下来!"无惧回答道:"让我下来也行,不过你们得先把那个书生给放了!"看见强盗首领犹豫了一会,无惧又说:"反正那个书生也没我有钱!你们把这都围了,我也逃不了,你还怕什么呢?"强盗们一寻思,也是,一看下面这个穷书生就没上面那个有钱!你看他穿的那个寒碜样呀!倒是上面这个穿的跟公子哥似的,一看就是大户人家的人!于是,强盗头子让书生赶快滚!书生边跑还边回头向树上的少年说:"谢谢少侠救命之恩!"又对强盗们说:"谢谢大哥们放了我!"强盗老大对树上的少年说:"这回下来吧!咱们之间的账得算算了!"无惧见书生跑远了,便跳了下来!强盗们立刻将少年拿下!强盗头子将砍刀架在无惧的脖子上,见少年毫无惧色,便凶狠地呵斥道:"快把银子都交出来!"少年对他说:"你要的银子长什么样?让我看看。"强盗老大一听这话,顿时火冒三丈!举起手中的砍刀就要砍少年!嘴里还叫道:"这小兔崽子！竟敢耍我！"旁边的手下赶忙上前阻止，并靠近老大的耳朵悄悄地说："没准有钱人家的公子哥都不碰钱呢！给他看看也无妨，要是他身上没有银子，咱们就绑了他！向他家里人要钱！"老大寻思一下，也是，就这么杀了这小子，太便宜他了！于是就叫人拿来几两银子，对少年说："小子你看，这就是碎银，这个就是银元宝，还有金元宝呢！不过我们目前还没有劫到。"

无惧仔细地看了一眼银元宝说："这东西我多了！你们要，就给你们点。"随后他在衣兜里掏出一大把一大把的银元宝！随手丢向苹果树根旁，强盗们都惊呆了！头一次见到这么多的元宝！都疯狂地抢了起来！他们的老大也在其中。

无惧见状伸出手掌，对准众强盗说了一声："包！"只见无惧手掌中出现一张结实的大网，将强盗们都网了起来！只听无惧又说了一声："起！"将手掌向上一提，就把一众强盗挂在了树上。这网也不知是什么材质，用刀都磨不破！

无惧对强盗们说："这网等你们真心悔过了，不再干抢劫、杀人、偷盗的勾当了，就会自然消失。不然的话，你们就只能挂死在上面了！"说完无惧就大摇大摆地走出树林，向前方的城区走去。

刚进城，映入眼帘的便是一派繁华景象，大街两侧有各种叫卖的，蔬菜、水果、家具、首饰、各种用品等，应有尽有，无惧边走边欣赏着摊物。不远处飘来了酒香，无惧定睛望去，原来是一家餐馆，正好他也肚子饿了，便向餐馆走去。刚一进门，店小二就招呼道："客官，里面请！"无惧挑了个没人的桌，坐了下来。店小二走到无惧身边，问道："这位客官，来点什么呀？"无惧答道："上两盘素菜，两盘水果，一碗米饭，再给我这葫芦打满上好的清茶。"店小二愣了一下，他干这行这么多年，还头一回见到有这么点菜的！无惧见店小二有点迟疑，便问道："怎么了？我点的菜和茶都没有吗？"店小二这才回过神来，忙应道："有！有！有！客官您稍等！"

　　整个餐馆里充满着菜香和酒香，每个桌上的人都吃得非常开心。只有对桌的一位衣衫褴褛的男子吃得狼吞虎咽，无惧长这么大，还第一次见过这么吃饭的人，一个人整整吃了十二盘菜，均是一扫而光，同时又干了好几碗米饭。这时，店小二将无惧点的菜上齐了，随手又拿着无惧的葫芦为他打满清茶。无惧吃东西时喜欢慢慢品味，当无惧刚吃几口时，对桌那位男子已经吃得差不多了，这时，店小二上前来催账，才发现那男子身无分文！店小二生气地说："你这是来吃霸王餐的？"随后，叫来几名打手，就教训起来这名男子。无惧见状叫住店小二说："让他们住手吧！这位小哥的饭钱我一起出了！"无惧随手掏出两个大元宝，问店小二："可够？"店小二看着亮闪闪的大元宝眼冒金光，点头哈腰地答道："够！够！够！客官您慢用！"于是叫停了打手们，对那男子说："这位少年已经帮你把钱给付了，这次算给你一个教训！下次要是还敢吃霸王餐！你就别想离开这里了！"被打得蜷缩在地的男子，这才慢慢地站起身来，一瘸一拐地走着向无惧道谢。无惧伸手示意让他坐下，他又叫了两盘荤菜，一个茶杯，一副碗筷。

无惧用自己的葫芦给男子倒满一杯热茶，对他说："小哥，年纪轻轻何至于此？"那男子回答道："我不是本地人，我老家那边闹天灾，我们是迁徙到这里来的，途中遇到了一伙强盗，我父母为了让我活着离开，相继被强盗们杀害了！现在我们家就剩下我一个活人了。"说完那男子哭了起来，无惧对他们的遭遇深表同情，以茶代酒敬了他一杯，那男子调整一下情绪，也喝了一杯！

霎时间街道沸腾起来，店门口吵闹不止，惊动了快要吃好的无惧，无惧便走了出来，想看看到底发生了什么，那少年紧跟其后。

刚出店门，只见门外围了一群人，中间一个五大三粗的壮汉，正提着一个中年男子大吼道："我逛了这么多年街，白吃白拿了这么久，你是第一个敢向我要钱的人！"中年男子小声嘀咕道："吃了人家的东西！付给人家钱不是天经地义的吗？"壮汉将他提得更高了。无惧问围观的人们："这里发生了什么？"其中一个围观者悄悄走到无惧身旁，对准他的耳朵，小声地说："你也是新来的吧？卖水果的那个中年男子也是新来的，还不知道这儿有名的街霸无赖呢！他父亲是这里的地方官，而他仗着自己身强体壮，又会点武艺，到处耍无赖，欺负人！买东西，吃东西从来不给钱！看着什么好东西，想拿就拿，谁要是敢不让，就免不了被他一顿殴打！还有他身边的那两个小跟班坏得很！净给他出坏主意！"无惧大概知道怎么回事了，二话没说，走上前去，对着壮汉说："这位大哥，听说你会武艺，敢跟在下比一比吗？"壮汉放下中年男子，转头一看，原来是一个年纪轻轻的毛头小子！他哈哈大笑道："怎么不敢？年轻人，比什么啊？要是输了，可别怪我以大欺小哦！"无惧说道："那咱们可得说好了，你要是赢了，这水果钱我出，并且我再给你一份买水果的钱。如果你输了就自己付钱，并向所有人保证不再恃强凌弱了！如何？"壮汉心想，这么一个小瘦猴，能有多大本事，我肯定能赢！于是便问道：

"怎么个比法？"无惧说："速战速决吧！只要你能把我背上这把大剑举过头顶！就算你赢！"随后将背上背的大剑投向了壮汉的前方，大剑在空中翻了几个跟斗，带着剑鞘插入地面。壮汉心想，比力气我从来就没输过！这小子跟我比力气，就是在找死！便大步向前，用一只胳膊去拔剑！可是拔了半天也没能拔出分毫，于是，双手合力，使出全身力气，还是没能把剑拔出！壮汉大惊失色，口里还不停地说道："这不可能！这不可能！莫非这剑生根了？这绝对不可能啊！"无惧走上前对他说："没有什么是不可能的！"单手轻松将剑拔出，举过头顶，挥了两圈，插入了背后，腹前的腰带瞬间将大剑固定在原位！

壮汉旁边的两个小跟班见情况不妙，叫来一群打手，带着家伙就向无惧冲来！无惧三下五除二地就把这帮家伙给收拾老实了！都歪歪扭扭躺在地上"哎哟"呢！

这时壮汉呵斥道："可别再给我丢人现眼了！还不都给我赶快滚！"随后转头把吃水果的钱给付了！又对着无惧说道："我虽然喜欢欺负弱小，但我也愿赌服输，信守承诺！"壮汉还当着大家的面告诉手下说："买东西以后都给我付钱！不允许再欺负老实人了！"说完便带着手下撤了。这里响起了一片掌声！无惧不但教育了一下目中无人的无赖街霸，而且还为街友们出了一口恶气！

　　与无惧一起吃饭的年轻人被无惧的功夫与为人惊艳到了！于是无惧去哪，他就屁股后跟到哪里，无惧一个人逍遥自在惯了，便问他："这位兄台，为什么老跟着我？没事可做吗？"年轻人答道："少侠，你能收我为徒，教我点功夫吗？"无惧从兜里拿出许多银两交给他，并对他说："我一个人自在惯了，还不想收徒弟！你拿着这些银两干点事业，娶个好媳妇，好好过日子去吧。"说完无惧快走几步，那男子追出了城门，无惧已然不见了！

　　无惧飞遍了人间的所有地方，终于找到了一处有山、有水、有鲜花绿树，还有可爱的小动物的地方！在那里创办了仙界！他从不轻易收任何弟子，除非是他有意相中！他虽在那里创办了仙界，但本人时常到各地游历，随时都有可能出现在任何地方。

　　与此同时，在神域北部，地狱之都的大殿内，一个可怕的阴谋正在悄然展开！

第七章
妖祖无邪

地狱之都是无苦一手筑造的，从外部看就威严耸立，总给人一种不经意的寒意！内部极具奢华，似乎神域北部的所有奇珍异宝，都在这地狱神殿内了！

无苦正坐在神殿北面，三个台阶之上的主椅上，椅子两侧的扶手，雕刻有两条口含魔珠的黑色蛟龙！栩栩如生，就像活的一样，瞪着红色眼珠。右侧副椅上坐着一个棕衣人，这人似乎没有形体！一身棕衣都由黑气填充着！只有那双眼睛闪烁着红光。台阶下，两侧分别伫立着三十六个黑衣侍卫，总共七十二个，这些黑衣人与上面那个不同！每个都有实体，而且体型各异！但还是看不清他们的容貌，他们都低着头沉思着。

棕衣人对无苦说："现在我们的最大障碍就是你三

哥灼烁了！他要是知道咱们随意囚禁人类的灵魂，并以此来产生邪恶的能量！这可是会定死罪的！就算是神！以他现在的力量亦可杀死你！"无苦说："你说的不错，所以，我必须先想办法除掉这个障碍！"

棕衣人又说："以你我现在的力量还不是太阳神灼烁的对手！所以只能智取了。"

无苦答道："嗯，我倒有个办法，我们可以拉拢其他众神一起对付灼烁。"

棕衣人对他说："现在你大哥、二哥、五妹、六弟都已表明立场！我们能争取的只有老七、老八和老九了。"

无苦答道："你说的没错，我们只要挑拨他们与灼烁之间的关系就行了，事不宜迟，我们分头行动，我去老七那边，你去老八那儿，事成之后一起去老九那儿会合。不管用什么办法，一定要让他们与灼烁反目！"

无苦直奔人间而去，而棕衣人飞向了神域的东南方向。

无苦飞到无忧所在的山洞上空时，变成灼烁的模样，走进山洞，二话没说，就将一只手朝向刚站起身的无邪，无邪瞬间被束缚住了！正坐的无忧这时刚睁开双眼，无苦走到无忧身前用另一只手掐住无忧的脖子，将无忧举了起来！无邪焦急地说："快住手！灼烁，你想要干什么？"手脚还在不停地挣扎着。奈何无苦的神力远高于无邪，任无邪怎么挣扎，也挣脱不了他的束缚，无苦抽回束缚无邪的手，无邪此时已被附带黑气的铁链牢牢固定在洞壁上，无法移动。这时无忧说："我知道，你是……"无苦将他的喉咙掐得更紧了！使他无法说清楚话。无忧沙哑地对无苦说："你是杀不死我的，我将会化作人间的大气，永远守护着人间！"等他说完最后一句遗言，无苦将右手变成一只尖锐的钻头，刺穿了无忧的腹部！无忧嘴角流出鲜血，没过多久，无忧的身体就化作细小的颗粒，飘在空中，飞走了。飞向天空之上，融入大气之中！从此人间的大气更加雄厚了，为人类带来了更多的庇护！无邪大吼了起来，失去理智的她像一只魔鬼一样，喊道："我要杀了你——"眼看束缚她的铁链即将碎裂！无苦闪现到她身旁，快速将她打晕，才变回自己的模样，走出洞穴。抬头瞅向正在发光放能的聚变太阳，说道："黑暗即将来临，准备迎接新的统治吧！"举起右手对准太阳就是一个黑光炮！"嘭！"的一声，聚变太阳被击得粉碎！整个人间瞬间进入了黑暗，无苦这才飞回神域。

  过了一会，无邪醒来，见捆绑自己的铁链已经没有神力维持，一用力，便挣脱开来。她怒气冲冲地飞回了神域，这时才发现，整个人间已陷入了黑暗之中，太阳消失了！

无邪刚进入神域，便遇到了在这里等她的无苦，无苦问她："七妹，你这是怎么了？为什么发这么大的火？"无邪生气地对他说："灼烁杀了大哥！我要为大哥报仇！"无苦惊讶地说："灼烁竟然杀了大哥！太可恶了！他以为得到光之结晶，就可以为所欲为了吗？"无邪要走，他赶忙拉住道："七妹！你就这么去，这不是去送死吗？听哥一句劝，你不如现在回去召集一下人手，到时候我也会帮你，咱们一起去为大哥报仇！"无邪听了这话，觉得很有道理，就先压制住心中的怒火，飞向了神域的最东边，在那里创办了妖界，专门收录各路的妖兽，被众妖立为妖祖！

第八章
幽冥无悔

众神中只有无悔修炼神力时走了捷径，其他众神都是神力随整个身体而提升，而她将全部神力集中于一处修炼！从而产生了内丹，所以她的功力比同水平的其他神都高！修炼也比较容易快捷。

神与人类生孩子是不同的，女方不需要承受十月怀胎与分娩，现在的武月已经成了月亮神！她与灼烁集中爱的能量于右手掌中，他们面对面，对准一处，一起注入爱的能量，只有双方是真爱时，他们的能量才能融合！创造出新的生命！伴随着破晓的哭啼声，一个自带光芒的男婴诞生了！

前方就是幽冥山了，幽冥山是无悔修炼的地方。一只黑鸟飞来，在棕衣人的耳旁，驻留了一会，才飞走。早已在幽冥洞口等候的棕衣人,开始行动了!他敲了敲门,"谁啊?"一个长相英俊的男子打开了洞门。棕衣人说:"我有事要当面告诉你家主人!麻烦你禀告一下。"男子回答说:"我家主人吩咐过,在她练功时,任何人不准进入!"只听洞内传来一阵清脆而柔美的声音!"幽龙,你让他进来吧。"棕衣人向洞内深处走去,这时,两边的幽冥灯都亮了起来!整个洞内都充满着蓝紫色的光。只见一名女子正斜倚在靠椅上,右手放在右侧扶手上撑着侧脸,左手自然地放在另一个扶手上,那真是身姿曼妙啊!伴随着微弱的灯光,那婀娜多姿的体态,真让人神魂颠倒!

棕衣人直奔主题地对无悔说:"你三哥灼烁已经和别的女人结婚了,听说他们的小孩都出生了!"无悔立刻正坐了起来。

"什么?这个可恶的狐狸精!没想到三哥竟会和一个外族人结合!"

棕衣人说:"不,她已经不是外族人了,她已经被灼烁赐了神位,如今,已是名副其实的月亮神了!"

"那就更可气了!我真想掐死这个小狐狸精!"

棕衣人心想,这下十拿九稳了,就顺势说道:"我们可以帮你在正面拖住灼烁,给你创造出可以杀死武月的机会!不过,你得出兵配合我们才行!"

"什么？你们难道要攻打伟神殿？"

"没错，确切点来说，就是教训一下你三哥！"

无悔着急地问道："为什么要教训他？"

棕衣人说："你难道不知道灼烁杀了大哥无忧的事？"

无悔坚定地说："这不可能！三哥绝对不会干出那种事情！不过你们给我创造出杀死那个狐狸精的机会还是不错的。想让我出兵帮你们也行，但你们得先答应我一个条件！我只对付武月，你们也不能杀了三哥！教训他一下即可，不然我不但不帮你们！反而会干你们！"

棕衣人说："好！我答应你，不杀他，那你等我们消息，准备招兵备战吧！我就不打扰了，告辞。"说完，变成一股黑气飞走了。

无悔对幽龙说："召集幽冥界的所有精锐，做好战斗准备！"无悔站起身，眼中露出凶狠的目光。

幽龙答道："是！"便去执行命令了。

棕衣人向神域东北方向快速飞去。

第九章
魔王断心

棕衣人刚飞到东北区域,就看见无苦坐在巨石上等他,他瞬移过去,无苦问他:"你那边成了吗?"

"我这边成了,你那边呢?"

无苦说:"我这边也非常成功!走,我们去找九弟。"

二人飞向魔洞入口,断心住在魔神山洞内,洞口有一座巨大石门,只有用魔族神力才能打开!无苦敲了敲门,门竟自己开了。无苦和棕衣人走进洞内,里面漆黑,什么也看不见。突然,巨石门关上了!洞内升起亮光,无苦二人有点紧张,做好了战斗准备。断心在二人身后现身,双手聚集两个能量球,向无苦与棕衣人背后打去,无苦二人感到能量波动,迅速转身,双手聚能招架,这时断心对二人说:"别紧张,我只是想试试二位的功力罢了。"随后,他停止了聚集能量,瞬移至宝座上。断心身材高大伟岸!眼神坚毅、勇猛!

断心对二人说:"二位无事不登三宝殿,今日到我这里,有何贵干啊?"这时,魔神剑在他右手中出现,断心右手朝下,肘关节担在右扶手上,剑尖触地,断心用一根中指操控着魔神剑,使其在地上旋转,他身体靠向椅背,左手则放在另一个扶手上。无苦回答说:"大哥无忧被太阳神灼烁杀害了!我们想为大哥报仇!但考虑到现在太阳神太过于强大,所以我们想请你来帮忙。"

断心回答说:"自从我们九兄妹分开以后,就自顾自的了,他和灼烁之间的恩怨与我何干?"

棕衣人这时插话道:"听说你七姐无邪因为大哥的死,很是痛恨灼烁,扬言要为无忧报仇!所以到时候她一定会加入我们的!"

这时断心停止了转剑,抬起身子说:"如果七姐也参加的话,那就另当别论了!"他收起魔剑,站起身,向前走了两步,左手在背后抓着右胳膊,走到台阶边上说:"我正好也想会会,拥有光之结晶力量后的灼烁!不过我只本人加入你们,不会动用我魔界的一兵一卒。"

无苦回答道:"好!一言为定,到时候等我消息,咱们一起商讨如何对付灼烁。"

断心说:"好了!好了!我知道了。没别的事,二位就请回吧!慢走,我就不送了。"断心朝石门随手一挥,门就自动打开了。

棕衣人与无苦说了声:"告辞!"就分别化成两股黑气,飞走了。

无苦与棕衣人回到地狱界后,开始大肆招兵!随时都有进攻伟神殿的可能。

第十章
神主浩瀚

  在神域诞生之际，浩瀚便已经存在了！那时的神域，一片黑暗狼藉，混沌不堪，一片死寂，毫无生机可言。浩瀚不希望再看到这样的场景，将自己全部的神力与意念，融入于整个神域之中。从此，神域的每处，都充满着白色光芒！白白的云棉地上，也出现了新的生命，到处都呈现出秩序井然，安然和谐的景象。浩瀚也因此神形俱散！从此，神域中消失了一个英俊潇洒的少年浩瀚，却也无人知晓。

  伟神殿的大殿内金碧辉煌，所有墙壁都是金黄色的，闪烁着金光。武月手里抱着男婴走到灼烁身旁。这小家伙，刚出生时哭得真厉害！这会儿倒是笑得开心了！因为出生时这小家伙自带光芒，所以灼烁给他起名，叫灼自光！

父母都管他叫光儿。

武月对灼烁说:"最近我总是感觉到不安,总感觉神域要有大事发生!而且很有可能会对我们不利!"

灼烁回答道:"我也有种不祥的预感,看来神域真的要有大事发生了!"

地狱神殿内棕衣人对无苦说:"我们准备得差不多了!但是为了确保万无一失,咱们还得办一件事!"

无苦瞅向他,问道:"什么事?"

棕衣人答道:"早闻你二哥善于发明各种法宝!不如咱们去盗些来,用在这次攻打伟神殿上,想必会更容易得多!"

无苦沉默了一会说:"那咱们就去二哥那看看。"二人便消失在地狱神殿内,直奔西南方的神佛寺而去。

到达神佛寺上空,只见四周都有卫兵把守,无苦见状,制造一股黑风向四周的卫兵刮去,黑风过后,卫兵瞬间都昏倒在地。于是无苦二人换上夜行衣,偷偷潜入了寺内。

无苦和棕衣人,此时正分别藏身于佛寺大厅内的左右两根大柱子后面,还不时偷偷地观察着极乐。此时大厅内就极乐一人坐于莲花台中,他闭着眼睛,盘坐着身子,双手放在膝盖上。左手掌心朝上,右手掌心朝下,左手比右手向前一些。正在这时,他们看到有一双小型手套在极乐的左手中被慢慢地创造出来！同时还在不停地浮空旋转。极乐看上去很认真的样子，并未发现殿内来了不速之客。手套被完美的创造完成，极乐这才睁开眼睛，高兴地说："万能手套总算制作完了！"他解下腰间的乾坤袋，把手套变成樱桃粒般大小，装进小口袋里，又把乾坤袋勒紧，系回腰间，伸了个懒腰，便向内室走去。无苦二人偷偷跟到内室门口，向里观看时，只见极乐正躺在床上休息，不一会，就进入了睡眠状态。

　　无苦见极乐睡熟了，快速地飞到极乐身边，蹲下来，就开始解乾坤袋，刚解在手里，就被扑上来的机器狗咬到了小腿，无苦强忍着疼痛，并没有发出任何声音，并向门口慢慢地挪移，这时机器狗发出警报，无苦见状，一蹬腿，把机器狗给振飞出去！这时极乐也醒了，大喊："大胆小偷！别跑！还我乾坤袋来！"

　　无苦和棕衣人飞出佛寺，极乐也随后追出，瞬移到无苦前方，双手聚能就向无苦刺去，无苦也双手聚能来招架，双方正僵持时，棕衣人出现在极乐后面，一个黑心掌拍下，极乐就负伤而退！极乐见形势对自己不利，单手向上空发出信号。对两个蒙面人说："用不了一会，我的弟子们便会带兵赶来这里！到时候你们插翅也难飞！还是把乾坤袋乖乖还我吧，我好放你们一条生路，不然，别怪我对你们不客气！"无苦心想，再和他这么耗下去也没什么益处，赶快撤吧！极乐见二人要跑，立刻单手聚能，瞄准蒙面人抓乾坤袋的手，发射一颗能量弹。蒙面人快速飞走，并未来得及闪躲，此弹并没有命中蒙面人手臂，却打在了乾坤袋上！乾坤袋瞬间被炸得粉碎，但里面的发明品都很坚固，竟都丝毫未损，不过也被炸得四散，均向下散落人间！

伟神殿二楼的阳台上，灼烁左手掌中变出五只金色的能量鸟，灼烁将它们撒了出去，五只金色鸟分别飞向北方、东北、东南、西南、西北这五个方向。这五个方向分别对应着，闪雷塔、炎火塔、金光塔、御土塔和玄冰塔这五座神塔。

没过多久，一位卫兵匆匆地跑进来，说道："报——太阳神殿下，三位将军求见！"灼烁回复道："快请！"

三位将军走了进来，前面这位红发少年活力满满，神采飞扬，喜欢穿一身红色服装与战袍。右边这位姐姐，身穿蓝色长裙，一头长长的秀发，甚是美丽！就是周围总是透露着寒意。左边这位胖胖的小伙，与前两位相比，身材略矮些，但体型偏胖，年龄相仿，一头小短发，搭配一身黄色的衣服，走起路来，也毫不逊色！

三位走到太阳神面前行礼道："参见太阳神殿下！"

灼烁赶紧扶起面前的少年，对他们说道："不必多礼，快快请起！"灼烁问道："金鹏和闪雷怎么没有来？"红发少年说："前几天金鹏去佛界学习了，闪雷去人间历练了！他们让我转告你，可我因最近公务繁忙，一直还没来得及告诉你，所以才拖到现在。"

灼烁点点头对他们说："你们都是我最信任的人！我要交给你们一个非常重要的任务！神域马上就会有大灾难发生！你们保护好武月和光儿！去大哥创造的人间避一避，记住！这是你们唯一的使命，也是必须完成的使命！无论如何都一定要保证他们的安全！并让灼自光健康快乐地长大！"

这时武月走到炎火身边，将手中的男婴含泪递给他，炎火双手轻轻地接过男婴，将他抱在怀里，这小子看见炎火就哈哈地咧嘴笑了。武月走到灼烁身旁坚定地说："亲爱的，我也要留下来，与你一起面对这次灾难！"灼烁说："亲爱的，这样太危险了！况且光儿需要你！"武月答道："不！我相信，就算我们不在光儿身边，他也会自强、快乐地成长的！等我们一起渡过了这次难关，再回到光儿身边，好吗？"这是自结婚以来武月第一次用请求的口吻对灼烁说话！灼烁不忍心拒绝了，只能勉强地同意了。炎火郑重地对太阳神说："放心吧！我们一定会让这个小家伙,健康、快乐地长大!"武月走近光儿,最后吻了一下他肉嘟嘟的小脸蛋作别。灼烁再次询问武月道:"你真的不打算陪着光儿了吗?"武月说:"不了,我说过,我会永远守在你身边!你去哪,我就去哪。"

光之结晶从灼烁手中析出,灼烁将它装在项链上,戴在了光儿脖子上。灼烁与三个人作别,泪水也冲到了眼眶,但并没有流出来!

三个人带着不满一岁的男婴向人间飞去。

地狱之都内一切整装待发,无苦放出三只黑鸽。不多时,无邪、无悔、断心,尽数赶到!四个人围坐一桌,开始讨论如何攻打伟神殿!

外围的五座神塔,像五位巨人一样,守卫着中心的伟神殿。这五座神塔正是伟神殿的兵力来源!而这五座塔中,位于北方的蓝色神塔,上空不断有闪电打出。位于东北方的红色神塔似乎在不停地燃烧并伴有火焰冒出,它们分别是闪雷塔与炎火塔,是五塔中最具战斗力的两座塔!而位于东南方金色的,并不断散发出金光的便是金光塔,金光塔是五塔中唯一具有治疗与辅助作用的神塔。位于西南方向的是御土塔,整个塔都是黄色的,塔附近还有许多浮空的岩石站台,可以上下左右随意移动!最后一个位于西北方的玄冰塔,附近则伴有随意移动的冰锥站台！那里冰天雪地的，就好像在北极一样。

无苦将神界的地形图拿了出来，指着各塔的位置介绍说："神界北部的闪雷塔创造雷兵！雷兵的特点是速度快，攻击猛！东北部的炎火塔盛产炎兵，炎兵的特点是各方面都很优秀，综合战力强！东南部的金光塔创造金兵，金兵是五塔中的医疗兵，擅长治疗与辅助，攻击与战斗力相对弱许多！西南部的御土塔，制造生产岩兵，岩兵的特点是防御力与持久力强！最后西北部的玄冰塔，诞生玄弓兵，该塔是五塔中唯一创生女兵的！玄弓兵的特点是远程与合作。我们想进攻伟神殿，就必须先过这镇守塔！"

无苦停了一会，瞅瞅周围的人，又继续说道："我现在有一个计划，只要我们把五塔中战力最强的两座塔——闪雷塔和炎火塔，外加一个唯一具有治疗作用的金光塔摧毁掉！整个神界的主战兵源就基本被拿下了！剩下那两座塔的兵力不足为惧！大家意下如何？"

无邪说："只要能攻进伟神殿杀了灼烁，什么方案都无所谓！"无悔急了，站起来说道："什么？你们想杀三哥！那我坚决不允许！"无苦见状连忙安慰道："七姐只是和你开个玩笑，我们怎么会杀死三哥呢？只是想给他一个教训嘛！"随后便给无邪使了个眼色，摇摇头。

无邪没有再多说什么,只是强忍住心中的怒火。

断心这时插话说:"没想到四哥,你对神界的防守布置这么了解?这可不是一时半会就能做到的!"

无苦又说道:"大家都没有意见,我就分布作战方案了!有意见的话,可以随时提出哦!无悔你带领你的全部兵力从神界东南方向发动进攻,目标是摧毁金光塔!无邪、我,还有断心将带领大量兵力,分别从北方和东北方挺进!摧毁最危险的闪雷塔与炎火塔,从而控制神界主战兵力的产生。进而直取伟神殿,拿下太阳灼烁!"

无悔答道:"好!我这就回去调兵,攻打金光塔。"无苦道:"慢!你得等我们这边动起手来,我给你消息后,你再进攻!只有让灼烁把注意力放在我们这边,你才有机可乘。还有!进攻时只要把每个塔顶的灵珠摧毁!每个塔的防卫功能,就瘫痪了!五个塔分别对应着闪雷珠、炎火珠、金光珠、御岩珠和玄冰珠。它们正是这五座神塔的能量核心,所以我们要尽可能地快速摧毁目标核心,以确保兵力消耗降到最低!好了,你可以出发了,大家也准备战斗吧!"

人间已经几日不见太阳了!那里民不聊生,所有植物都枯萎了!人们的精神不振!许多动物都病死了!整个世界沉浸在恐惧与黑暗之中!

无邪回到妖界带领三十万妖兵，向神界东北方进军。无悔和幽龙带领二十万鬼骨兵，向神界东南方挺进。无苦带领五十万地狱禁卫兵直奔神界北方！断心则只身一人加入了无邪大军，伴随在无邪左右。

无苦带领大军，行至神界的北部边境，示意让大军停止前进，只身一人向闪雷塔快速冲去！闪雷塔探测到外来入侵！不断地发出闪电，向入侵者劈去，无苦闪过几道闪电后，还是被一道闪电劈中！闪电的冲击力将无苦击退好远。棕衣人这时现身，对无苦说："我这就赐予你可以和光之结晶所匹敌的力量！来吧！与我融为一体！尽情释放你的力量吧！"棕衣人变成一股黑气，钻进了无苦的身体，无苦大喊："啊——"眼睛瞬间变红，身体周围有黑气散出！以黑色为主，红色为辅，自带斗篷的地狱战甲穿在了无苦身上！地狱弯刀也在无苦手中出现！与此同时又有几道闪电劈来，无苦迅速闪过，并挥起弯刀向闪雷塔顶发出多道斩劈！闪雷珠出现裂痕！众多带翅膀的鹰头人身，手拿两尖叉的雷兵飞来将无苦围困，瞬间发起猛攻。众多两尖叉瞄准无苦，发出的雷击犹如万箭齐发般地向无苦涌来！无苦用斗篷遮住全身，转了几圈，吸收了打来的雷击，然后打开斗篷，向四周发出无数根黑色毒刺！被击中的雷兵，不但失去了战斗能力，而且伤口一旦开始冒黑气，用不了多久，就魂飞魄散了！一个雷兵说道："来人！赶快报告太阳神殿下，就说闪雷塔快要守不住了！"另一个雷兵领命而去，飞向伟神殿。

　　无苦这时正在向闪雷塔上空冲杀！所到之处不留活口！一名雷兵带领众雷兵快速飞到无苦前面，挡在了无苦前进的路途中，他大喊一声："列阵！"众雷兵站成整整齐齐的正方形竖阵！都将手里的兵器扔起来，又抓回，同时齐跺一声右脚，将兵器插在身前，兵器有神力维持着，都在众雷兵身前停留，随后众雷兵左手在前，右手在后，双手掌心相对，放在兵器上，双腿微弯蓄力，将能量集中在双手上，抬头看向高空，用力将双手迅速搓开！兵器被他们旋上高空，化作一道道蓝光汇聚于一处，形成了一个巨大的，有蓝色闪电围绕的巨型两尖叉。雷兵们用意念操控巨型两尖叉，瞄向无苦，两尖叉开始迅速旋转蓄力，随时都有摧毁目标的意图！无苦面向前方不慌不忙，将右手向后举起，右手中的弯刀，前侧的弯刃巨大化！此时，高速旋转的两尖叉，正以炮弹般的速度击来！无苦"啊——"了一声，挥动巨刃向前方斩去！巨刃将旋转两尖叉击破，挡在前面的雷兵也被击散，刀力还将前方的闪雷珠彻底击碎，同时闪雷塔也被劈毁！

雷兵死的死，伤的伤！无苦这才飞回大军前方，挥手大喊："上啊——"在养精蓄锐的地狱禁卫军面前，疲惫不堪又受伤的雷兵，简直不堪一击！无苦放出一只黑鸽，随后带领大军一路斩杀，势不可当！

无邪与断心也来到神界的东北部边境，无邪要直接带兵冲杀，却被断心拦住。

断心说："区区一个炎火塔，何须七姐亲自动手，让我来摧毁它！"断心飞向空中，直奔炎火塔，同时魔神战甲已穿在身！炎火塔火球四射，锁定断心追踪而来，断心左手抬起向前，掌中发出屏障，吸收了射来的所有火球，此时，断心已离塔顶不远。断心快速收回左手，同时右手虎爪出击，爪中发出的魔神射线直接将炎火珠击碎！这时，断心被前来的炎兵层层包围，众炎兵手拿熔焰枪向断心发出多道火焰斩劈，断心虎爪向两侧平举双手，爪中出现黑色厉电！即刻在自身周围形成防护屏障，抵挡住了弹雨般的进攻！炎兵此时蜂拥而上，欲与断心近身肉搏！

断心左手向前迅速做爪状，右手在左手旁拔出黑红相间的魔神剑，并向四周挥出多道暗红色剑气！炎兵们还没等近他身，就被剑气击飞！随后断心将魔剑巨大化推向天空，断心往下一扣手，魔神剑立刻掉头，同时飞速旋转地插向炎火塔，顷刻间，炎火塔被夷为平地！魔神剑此时正垂直于地面之上，悬浮在废墟之中！断心单手将魔神剑收回手中，飞回大军驻地，对无邪说："可以进攻了！"只见无邪向前一挥手，三十万妖兵势如破竹般地冲向敌阵，炎兵见形势不妙，赶紧派人向伟神殿汇报，同时每个炎兵都拼死抵抗，硬是减缓了妖兵的前进速度，但没多久，整个东北地区，还是沦陷了！

伟神殿忽来雷兵禀报："太阳神殿下，闪雷塔遭受袭击，快要支撑不住了！"又有卫兵来报："闪雷将军来了！"随后一个健壮的青年匆忙地走了进来，没容半刻歇息，就立刻对灼烁说："不好了！殿下！人间的太阳消失了，现在的人间到处充满着恐惧与死亡的气息，毫无生气可言！"又有炎兵来报："炎火塔已经失守，兄弟们已经抵挡不住了！"灼烁从容淡定地对他们说："我知道了，你们下去吧。"闪雷惊讶又凶狠地说："什么？有人敢攻打神界！我倒要看看，谁这么大胆！"闪雷虽是神界五将军中，最年长的，但身上散发出的锐气，也是其他四位将军无法比拟的。闪雷正要离开，却被灼烁伸手叫住，灼烁道："慢着！这次的敌人非同小可！能在这么短的时间内，就连摧我们两座主战神塔！足以见得他们行动有备！还是我亲自出马吧！我现在交给你一个重要的任务！留下来保护好武月！"说完，灼烁便飞出伟神殿，不见了身影。

与此同时金光塔这边不断有重伤的雷兵与炎兵送来！

经过治疗与恢复的雷兵与炎兵，比之前更强大了！金兵们更像是天真可爱的小精灵！身高只有炎兵的一半，但全身散发着温暖的金色光芒，还有一双漂亮的翅膀！他们手拿法杖，为一个个重伤在地的战士们疗伤。他们使用法杖在伤员身上一挥，集中意念的金兵施展魔法，法杖发出金色光芒，照耀着伤员全身，不一会，伤员的伤口，就痊愈了！内伤也得以快速恢复，而且每次经过治疗的士兵，都会变得更强！

无悔收到黑鸽的消息，观察到金兵正在专心地治疗伤员！就直接下令冲杀上去。幽龙便带领部分兵力杀出！专心致志工作的金兵没有防备，被打了个措手不及！好在已经治疗好的雷兵与炎兵发现了敌情，赶来抵挡鬼骨兵的进攻！

幽龙带头冲锋，直接显化真身，变成一个巨大的紫色幽龙，飞在空中，摇摆着身子，向雷兵与炎兵发动爪击，众雷兵合力使出雷电网，挡下了飞来的巨爪。但雷电网也被击碎，面对体型上的巨大差异，金兵也来帮忙！众雷兵与众炎兵在金兵的加持下，分别汇聚一团，万众一心地合体成熔炎巨人与闪电巨人！幽龙口吐火焰喷向闪电巨人，这时熔炎巨人跳到闪电巨人前方，抵挡了火焰攻击。随后熔炎巨人再次跳起，双手在头上方会合，巨大的熔炎棒在其手中出现，对准幽龙的头部，就是一棒！幽龙被打得有点转向，熔炎巨人落下，转个身，又扫了一棒，打在幽龙身体上，并将其击飞！直接击回到神界的东南部的边界附近！幽龙变回人身，口吐鲜血。

无悔赶快过去，将他扶起，用神力为他疗伤，不一会幽龙的伤就痊愈了，无悔对幽龙说："你的内伤还需要静养，接下来不要参加战斗了！"与此同时，杀上来的众鬼骨兵也被闪电巨人拦下，闪电巨人单手分别聚能，发出多枚能量弹，将一群群鬼骨兵炸飞，见鬼骨兵实在太多，他干脆将能量集中于一手，向云棉地砸去。霎时间，前方的大范围地面，覆盖一层蓝色电能！前来的鬼骨兵瞬间被电得失去了战斗力，有的被电得连手上的大刀都丢了！无悔愤怒道："可恶！"随后，秒变战甲，幽冥爪在双手上出现。无悔闪现到闪电巨人身前，抬起双爪，旋转身体，如导弹般地向闪电巨人蓄力冲去，闪电巨人还没来得及防御，就被击穿腹部，倒下了！熔炎巨人见状，抡棒便打向无悔，无悔闪现其身后，一爪击穿了熔炎巨人的胸部，拔出利爪，熔炎巨人也倒下了！

金兵们慌了，赶紧派人回去报告，剩下的三种类型的士兵与敌人殊死搏斗着！金光珠虽为士兵们提供了治疗与恢复，但在幽冥神无悔面前，均不堪一击！

无邪、断心带领军队与无苦军会合，此时两路人马，浩浩荡荡地向伟神殿挺进！突然，一支金色发光的长枪插在了军队的正前方！这时神域上空光芒万丈，身披金甲的太阳灼烁从天而降，挡住了大军前进的步伐！灼烁凌空呵道："无苦，无邪，断心！为何要犯我神界？还打杀我这么多战士！"无邪直接冲了上去，身上秒现以粉色为主的妖神战甲，手中还握着妖魂镰！无邪抡起妖魂镰就向灼烁劈去！口中大喊："还我大哥命来！"灼烁左手一把抓住打来的神镰，惊讶地对无邪说："你说什么？大哥死了？怎么回事？"无邪情绪激动地对灼烁说："你还有脸问？就是你杀死的大哥！怎么？你还敢做不敢承认？"

"不，这一定有什么误会！我怎么可能杀死大哥呢？"

"我亲眼所见！就是你杀死的大哥！而且还是当着我的面！现在却装作什么都不知道！真是个懦夫！简直就是我们众神之中的耻辱！我现在就要为大哥报仇！"

无邪照着灼烁的脑瓜子，就是一脚！可却被灼烁强劲有力的右手抓住了。

"我说了，我没杀大哥！"

灼烁左手一撒，右手一送，无邪直接向后退好几步。

这时无苦说道："兄弟们！别跟他费话，一起上！为大哥报仇！"

无苦瞬移到灼烁身后，一刀斩下，眼前的灼烁竟然消失了！突然，三个灼烁分别出现在三个人面前，伸出左手，手中出现光链，分别将三个人捆住，第四个灼烁在大军前上空出现！

灼烁对所有敌兵们说："我知道，你们之中有许多是热爱和平与生命的，同时也是美好和善良的！我给你们一次选择的机会，你们的大王都已经被我控制住了！现在撤还来得及！不然一会真要动起手来！我对侵略者，是绝对不会手软的！"

所有士兵都有些犹豫，直到有一个士兵钻出队伍跑了，随后大军乱了阵形，有大量士兵逃走！整整八十万的大军，现已减至一半！地狱禁卫军与妖兵均有逃亡，剩下的所有士兵，调整好阵形，齐声呐喊："我们愿为大王，战斗到最后一刻！"

插在地上的烈阳枪，飞回灼烁手中！灼烁猛一用力，丢出烈阳枪，直插敌军阵中央！灼烁提左手在胸前，手掌朝向自己，眼睛注视着手掌，慢慢地攥紧拳头。

无苦看见,说道:"不好!大家快散开!"然后全力挣脱束缚。

此时,整个大军,被中心发出的光芒所笼罩,伴随着犹如核弹般的爆炸威力!顷刻间炸得全军灰飞烟灭!

无苦愤怒地闪现到灼烁身后,一刀刺穿了灼烁的胸腔!灼烁化成光粒消失了!断心也撒开魔神剑,用意念控制魔神剑刺入灼烁的心脏,这个灼烁也化作光粒消失了!随后断心又操控魔剑对准第三个灼烁刺去,第三个灼烁被击中,也消失了。伴随着第三个灼烁的消失,束缚断心与无邪的光链也消失了。

伟神殿传来急报,金光塔有危险!闪雷对武月说:"夫人,请您在殿内安心休息!让我前去平息战乱吧!"

"不,我要和你一起去,神界现在都成这个样子了!你让我怎么安心休息呢?"

"可是,此去可能会有危险!我答应过太阳神殿下,一定要保证你的安全!"

"雷将军!请无须多言,我们赶紧出发吧,再晚一会儿,最为重要的金光塔,都会不保的!"随后,二人化作光束,消失在大殿之中。

无悔这边,已经杀红了眼!无悔发出的一道道巨大的爪击威力无比,将前来的士兵尽数击倒,命短的,就一命呜呼了！整个战场满地都是倒下的士兵，直到最后一位抵抗的士兵倒下，战场上再也没有什么可以阻挡无悔的了。无悔蓄力向金光塔顶发出毁灭性的爪击，伴随着紫色巨爪的击出，一支银白色的光箭射透了巨爪，巨爪的速度慢了下来，能量也开始消散，直至能量散尽，巨爪跟光箭一起消失了。

无悔见来者正是武月，便气不打一处来，上去就要挠她！闪雷上前架住无悔的爪击，无悔另一只手给闪雷来了一爪！同时闪雷也给无悔一拳。无悔被击退，闪雷胸前也留下长长的爪痕！还不时地有血渗出，闪雷这才能量爆发，身上秒现闪雷甲、迅雷拳套和雷钢战靴。拳套和战靴都散发着淡蓝色闪电，似乎被闪电包围着。

无悔大喊："所有鬼骨兵都给我上啊！拿下金光塔！"近二十万的鬼骨大军，摆出冲锋阵势，向金光塔袭去！武月飞到金光塔上空，向涌来的敌军使出多重箭雨！武月先是向上空发射一支光箭，随后天空竟向敌军方位下起了箭雨！烈弓之下，片甲不留，不一会鬼骨大军就全军覆没了！

无悔看见自己的大军，现在已是尸横遍野，便发了疯似的冲向武月，发出幽冥十二爪！闪雷立刻爆发护体真气，上前保护月亮神武月。此时无悔的攻击速度已经快到无法捕捉到身影！只见十二道爪击过后，闪雷已倒在血泊之中，这时闪雷的护甲已破烂不堪，被击破的伤口每一处都有血在渗出！

武月赶忙扶起闪雷，闪雷道："此次的敌人非同小可！请夫人赶快离开吧！"

无悔毫不给敌人喘息的机会，又杀气腾腾地冲了过来！武月轻轻地放下闪雷，变出皎月双剑，与无悔厮杀起来。

有只勇敢的小精灵，飞过来，为闪雷治疗了伤口，闪雷躺在地上看见武月、无悔二人在空中打得难解难分，他慢慢扶起身子，振作了一下，又飞了上去，想找机会给敌人来个致命一击！突然，一个大火球向闪雷打来，闪雷连忙防御，才没被击伤，幽龙进入半人半龙形态——人的腿脚和身体，龙的手爪和头颅！外加一条龙尾。

幽龙对闪雷说："你的对手是我！"随后来了个扫尾，闪雷抱住扫来的尾巴，将雷电通过拳套，导入幽龙的尾巴乃至全身，幽龙一阵酥麻，被电晕在地！闪雷走到幽龙面前，打算了结了他的性命，俯身刚要出拳，就被瞬间醒来的幽龙，一脚蹬了出去，背着地，倒在地上。幽龙一下子骑到闪雷身上，双爪按住闪雷的双手，大口对准闪雷的脸，就喷出凶猛的火焰！闪雷的脸被烤得通红！

闪雷用膝盖猛击幽龙的腰部，将其击离身体，幽龙顺势头朝地翻了一个跟斗，滚起。闪雷这才站起身，又与幽龙互搏起来！

武月挥舞双剑与无悔招招见真章，武月在过招时已经找出无悔的破绽，找准时机在袖口中发出两条白色披帛，瞬间将无悔双手困住，无悔双手动作被武月限制，此时武月双手展开，无悔的双手也被迫展开，武月双脚用力跳起，在空中侧身980度旋转，将无悔拉近身边，同时，松下披帛，并发出多道剑气，剑气所到之处，瞬间结冰！有两道剑气正中无悔，无悔瞬间被冰冻，无法动弹。无悔在冰块中聚能，发动幽冥附体，冰块中紫光乍现！无悔犹如被魔物附体一般！各种力量大幅度提升的同时，身后还显现出一只可怕的魔物！此时，无悔眼冒红光，破冰而出，并对武月实施爪击，武月迅速防御，可还是被她击伤！

闪雷与幽龙势均力敌，双方都想快速解决战斗，于是，闪雷双手覆盖剧烈的雷电，准备施展全力一击，幽龙则变成人形态，一只手放在腰间，另一只手从腰间做拔剑动作，幽冥刀被他从腰间拔出！闪雷双拳合并，聚雷电于右拳，挥出这孤注一掷的一拳。幽龙立刻以惊人的速度使出拔刀斩！双方对拼过后，背对背站下，幽龙将刀尖掉头，插回腰间,闪雷胸前护甲炸裂脱落,一道斜长的血痕露出,并不断地向外流血!闪雷眼前一黑,倒下了。

幽龙自语道:"忘提醒你了,我三个形态中,最强的就是人形态!龙形态增加攻击范围,半龙形态增加护甲,而人形态则可以秒杀对方!"

伟神殿北部的战场上,就剩下一个灼烁了,三个人瞬移到灼烁周围,每人给灼烁来了一刀,这个灼烁也化作光粒消失!他们有些纳闷,难道没有真身?这时,在他们前方,灼烁又出现了!

灼烁对他们说:"你们是杀不死我的,给我点时间,我一定会弄清楚事实!还大家一个真相的!"

无苦再也控制不住自己的力量了!全身散发着黑气,双眼再次变红,对灼烁说:"你放屁!眼前的就是真相!你受死吧!"

无苦闪现到灼烁上空,双手聚能,给灼烁来了个黑光炮!灼烁双手抵挡,却被炸飞下去!云棉地被冲破,灼烁直接被击到神域之下——人间之上的空间!随后,无苦又向灼烁袭来,单手施展黑暗吞噬,手掌中发出巨量黑气,并迅速向四周蔓延,巨大的黑暗空间,瞬间将灼烁吞入!

在黑暗空间里,毫无边界与光芒,也感觉不到任何东西的存在,这里无所谓时间与空间,只有那无尽的黑暗!灼烁手掌聚能,向黑暗空间,发射几枚光爆弹,尽在黑暗中消失,丝毫不起作用,灼烁变出烈阳枪向四周发出多道斩劈,也无济于事。

此时,灼烁前上方的黑暗聚拢,棕衣人出现了,这时的棕衣人,巨大得看不见形体,只能看见黑暗中,有一双闪闪发光的巨大红眼,同时,还有声音对灼烁说:"没用的,在我的黑暗空间中,你所有的攻击,都无效!这里只有黑暗和死寂,没人能冲破我的黑暗空间!现在人间已经陷入黑暗,神域的核心也即将被我掌控!神域和人间马上就要回归黑暗的统治了!哈!哈!哈!哈!"

炎火、玄冰与土乐,三个人带着光儿,来到人间已有几日,此时的人间,无论种什么东西都不活,万物开始凋零,温度也异常寒冷,到处都有哀号的人,同时还有因绝望和恐惧,为争夺粮食而互相残杀的人们!冻僵的尸体,遍地都是,死神已笼罩人间!炎火勉强地用神力在神力屏障内生一把火,才将屏障内的温度提上来些。炎火的神力,虽能照亮神力屏障,却不能照亮整个人间!

灼烁大声呵道:"我倒要看看,你这黑暗空间,能不能接住这招!"灼烁收起烈阳枪,将双手握拳放在胸前,然后大声呐喊,将双臂展开,释放自身所有的能量,身体进入燃烧状态，向四周发射无限光芒，形体慢慢消失，化作一个巨大的太阳！将所有的黑暗驱逐殆尽！棕衣人在消失之前痛苦地喊道："我还会回来的！无论神域还是人间，只要有邪恶产生，我便可以重生！"

因灼烁释放的能量太过于强大，以至于人间被神力推出好远，并因其受力不均，单侧受力过猛，导致人间像陀螺一样不停地旋转，而且太阳仍然不断地向外辐射能量，像鞭打陀螺一样，为其不断提供转下去的动力。然而，神域虽也被能量的冲击力波及，但因其外围有能量层保护，所以没有被击退多远，而且还和原来一样纹丝不动！

无苦直接被击回神域，身受重伤，再也无法战斗！无邪与断心也被冲击力击伤，短时间失去战斗能力，就连另一个战场上的无悔与幽龙，也被扩散的震荡波击退，并负伤！

这震荡波也奇怪，将敌人重创，却并未伤着自己人！武月感受到了灼烁的能量，立刻化身成一束银光，飞向能量发源地，不一会便看到炽热的太阳悬在前方！她知道，那便是灼烁！武月又飞近些，直到无法再靠近，因为如果再靠近的话，自己也会被灼伤！

武月看着太阳，默默地流下眼泪，说："没想到，你还是选择了这样！我说过，我会永远陪在你身边！"说完，武月也渐渐地释放自己所有的能量，形体也慢慢消散，直至能量耗尽，形体消失，化作一轮银白色的圆月，借助太阳的光辉，向外折射出皎洁的月光！

无苦躺在地上，晕了过去，突然，两个身披黑袍的人出现，施法将无苦带走。无邪见灼烁已死，便回妖界疗伤去了，断心也回魔界恢复去了，神界北部战场，总算平静了！余下的士兵，开始修复战后所带来的创伤！

神界东南部战场上，闪雷勉勉强强站起身来，无悔与幽龙互相搀扶着，无悔看了一眼闪雷，对幽龙说："武月已跑，再打下去也没什么意义了，撤！我们回去疗伤。"两个人便迅速撤离。剩下的金兵都飞过来，为闪雷将军疗伤。

从此，人间重现温暖的阳光，万物开始复苏，死寂的面貌再次焕发出生机，人们再次露出欢乐的笑脸！迎接美好的明天。恐惧消失了！暴乱也停止了！大家认清了自己的过错，回到了属于自己的地方，继续快乐地生活着。这个新太阳，比之前的更大更明亮！人们早晨起来看见太阳，便会充满能量！

很久很久以前，众神之主——浩瀚，孕育了九个孩子，他们分别是：无忧、极乐、灼烁、无苦、念慈、无惧、无邪、无悔、断心。同时还留下两件法器！一件便是充满无穷能量的光之结晶，另一件便是拥有情感与智慧的月亮之心！

——至此，正义之光前传完。

正义之光①

第一章
我叫灼自光

　　转眼，炎火四人，来到人间，已有八年，定居在一个美丽的村庄。炎火已经成为当地有名的锻造师，玄冰开了一家爱心雪糕店！而土乐则专门在当地，包地种水果、蔬菜、甘蔗等经济作物。

　　顾客只要拿来适当的材料，把想要打造的用具，详细地描述出来，或者有锻造图就更好了，先交一下订金，打造完成后，前来取货，根据顾客的满意程度追收尾款。炎火的锻造店，无论是农民还是富商，都经常光顾，因其锻造品的质量，确实举世无双！

　　玄冰将配料倒入一个个雪糕模具中，在尾部放上一根根雪糕棍，手肘一挥，模具中的雪糕配料瞬间凝固！玄冰再将它们一根根取出，外加包装，一个个爱心雪糕就完成了！为什么叫爱心雪糕呢？并不是因为，它的形状是心形，而是因为它的配料里有玄冰塔的特产——雪花蜜糖！正常人吃了都会眉开眼笑，忘记烦恼！伤心的人吃了，受伤的心灵，都会得到莫大的安慰，所以雪糕生意，自然也不错。

土乐就更厉害了！三个人中数土乐最能赚钱！他在包来的大片土地上，种上各种蔬菜、水果的种子，然后，他人在地里，双腿下蹲，两掌撑地，向地里注入能量，不一会儿，种子就破壳而出，向下扎根，找到水源，快速生长，破土而出，用不了多久，就成熟了！有的绽放出美丽的鲜花，只等那蜜蜂来，过不了几天，一个个又大又嫩的蔬菜、水果，便对着人们绽放笑脸。土乐种的蔬菜、水果不但香甜可口，而且营养丰富！产量和个头都要比普通水果大得多！就是有点耗能，土乐每种一块地后，都需要休息好几天！才能为下一块地充能。

三个人合力，在村中，盖了一处豪华别墅！他们已成村里的首富，也是这村里为数不多的，能盖起两层楼别墅的人。

光儿长大了！已有1米多高，此时，他正在院子里玩耍，炎火将大家召集在一起，商讨有关光儿上学的问题，大家一致同意，让光儿到本国最好的学院去学习！却不愿意教光儿神法与战斗术，除了炎火认为，身为太阳神的子嗣，理应精通各种神法与格斗技。但玄冰和土乐却认为，不让光儿学习神法与释放神力，可能对他来说更安全！

炎火说："教光儿神法，也可以让他保护好自己呀？"

玄冰说："光儿有我们保护！很安全！"

炎火说道："可我们也不能时时刻刻陪在光儿身边啊！光儿现在也大了！是需要独立空间的！"

土乐说："炎火说的也对！不如就由你来教光儿神法吧，我俩为光儿办理入学手续去了。人类的知识甚是有趣！让光儿学学，非常有益处！"说完，土乐和玄冰站起身来，准备出发。长方形的客桌上，放着三杯盛满开水的水杯，还一口未动。

炎火走下楼来，走到正在花园中嬉戏的光儿面前，面带微笑的对光儿说："光儿啊，炎叔教你一些有意思的神法，怎么样啊？"

光儿说："学神法有什么用啊？"

炎火说："学会了神法，想要什么都可以轻松办到！并且可以保护好自己！当然，还可以帮助他人呢！"

"那好吧，炎叔！我要学！"

"要想学习神法，首先，得看看你的神力特性，就像我的神力以火为主，我可以随意运用火元素！光儿，你看好！"

炎火左手变出50公斤的生铁块，向上空一推！右手发出火焰冲向空中的生铁，生铁被火焰围绕，不一会，就被烤得通红！然后，炎火又一用力，将已进入熔融状态的铁水，塑形成一把锋利的砍斧！炎火减弱神力，待其降温后，将斧头浸入旁边的水池中，伴随着声音与蒸汽，一把钢斧诞生了！

光儿鼓起小手掌说："炎叔！好棒啊！"

炎火说："想要学习神法，先得感受到神力的存在！我先教你感受的方法。像我一样闭上双眼，集中注意力！用心去看！"

光儿闭上双眼，照炎火的方法尝试。

"告诉我你看到了什么！"

光儿答道："我看见了温暖的阳光！是那么温暖，那么慈祥！"

炎火说："好！你继续集中注意力！用你的意念来控制这股力量！使它汇聚在手掌之上！"

炎火看到，光儿的手掌中呈现的是最纯粹、最温暖的光能！炎火赞叹道："竟和那个人的一样！"

炎火道："好了，你已经学会了最基本的神力运用，先学到这里吧！你继续玩，对了，准备一下，过两天，你可能就要去上学了。"

光儿沉迷于自己产生的温暖能量,并未听进炎火刚才所说的话,炎火走出院子,向自己的锻造店走去。

第二天上午,玄冰拿着一个新书包,走近光儿说:"光儿,明天你就要上学去了!你看!我为你准备了新书包,里面还有各种文具。书包的封面还是猴哥的呢!"此时的灼自光正在看星游记动画片,显然已入了迷!并未立刻回应玄冰所说的话。玄冰把书包放在沙发上,为光儿削了一个苹果。

当这集动画片演完时,光儿看向玄冰,问道:"玄冰姐,我为什么要上学呀?能不能不去呀?我想看动画片!"

玄冰说:"不行哦!上学可以学到好多知识呢!最主要的是,还有好多和你一样大的小朋友!大家在一起玩耍,多有意思呀!"

光儿有点小失落,答应道:"那好吧。"失落是因为,上了学就肯定看不了动画片了!

地狱神殿内,重伤的无苦,坐在龙椅上。突然,他感觉到一丝很微弱,但又很熟悉、很可怕的力量,脑海中出现灼自光运用神力的画面,脖子上还挂着光之结晶!

"那可怕的力量又出现了!没想到,太阳神之子,竟然去了人间!诸位,谁愿意为我除掉太阳神之子!夺回光之结晶!"

一个健壮的身影,扯去外套,上前请命,道:"地力星叱达,愿为大王除此大害!夺回光之结晶!"

"好!不愧是我精心挑选出的勇士!有志气!不过,以你现在的力量,很难突破神域外围的保护层!我来助你一臂之力。以我现在的状况,还能打开传送通道,将你一个人直接送至人间!不过这招,太消耗能量!我在短时间内,无法再次使用!所以,你拿着这只手表,可以随时与我联系!"

无苦将地狱手表送给他。

"这只手表不但可以提升你的力量,而且还有追踪目标、联系通信,自爆毁灭等功能!要是你完不成任务!就别活着回来见我!"随后无苦单手开启传送通道。

叱达左掌握右拳,领命而去。

无苦将叱达传送至人间后,收回能量,捂嘴咳嗽了两声,自语道:"没想到,太阳灼烁,这么强!"

"光儿,准备好了吗?我们要出发了!"

光儿背上小书包,坐上玄冰姐姐的太阳车!一路直奔学校。从幸福村到市里的路途中,会经过几个村庄,有许多路人,都将目光投射到这辆最新型的太阳跑车上!要知道,太阳跑车的造价,可是很昂贵的!光儿这时正坐在玄冰姐姐身旁，观赏着路边的风景。

太阳车虽贵，但它是以太阳能为动力来源的！既节能又环保！而且只需在好的天气，让它晒晒太阳，就可以为其充能！能量充满，能跑好几天哩！不过现在，这种车还并未普及，因其尖端的科技与昂贵的造价，只有一些富人才买得起！

不一会，车便开到真之国最优秀的学院——育英学院！该学院与其他学校不同！学院地域非常广大！但每届招收的学生却不多，一个班就二十号人！一个年级组不超过二百人，而且该学院的学程是十年！十年后，通过毕业考试，就可以拿到本校毕业证，持有本校毕业证的人，通往六国而无阻！本校按比例在其他五国均有招生，但不强求，以实际情况和学生们的意愿为主！学生中有农村的孩子，也有城市的子弟。也就是说，这么浩大的学院，算上所有老师和干部，也超不过三百人，而且是每十年才招一次生！

光儿被分配到了六班，光儿和冰姐按着指示，向六班的招生区走去。校园内的风景，美丽自然、鸟语花香，处处生机盎然，一路上，遇到的人，一般都是八岁左右的孩童与其监护人。

走到招生区才发现，似乎每个班都配有教学楼和男女宿舍楼各一栋。校园内大多数建筑物都是两层的，很少有三层的建筑，不过，三层已经是最高了。

六班招生处坐着一位很年轻的大姐姐，戴着淡粉色眼镜，微笑地看向前来报到的孩子们，冰姐姐向那位戴眼镜的姐姐走去，光儿则害羞地将视线转移至别处。

光儿没想到，自己是六班第一个报到的！突然，光儿眼前一亮，迎面走来了一个和自己年纪相仿的孩子，还有一位青年男子陪同。光儿立刻上前，与那孩子打招呼，两个孩子刚一见面就分外高兴，很自然地玩到了一起！青年男子也走到眼镜姐姐那里，她们三个，不知道在讨论什么？

小孩子才不管那么多呢，只要有个年纪相仿的玩伴，到哪里都是玩的天堂！你看光儿他们，你追我，我追你，玩得多么开心呀！跑累了，两个小家伙才消停了一会儿。

光儿向那个男孩伸出小手掌说："你好！我叫灼自光。"

男孩将手握了上去，说道："你好！我叫杜月。"就这样，光儿交到了第一个好朋友。

没过多久，又有同学陆续赶来，冷清的气氛一下子又活跃了起来！孩子们都打成一片，大人们都去和眼镜姐姐交谈了。这时，玄冰姐姐走过来对光儿说："光儿，冰姐把学费都给你交了,用品什么的都在书包里,刚才与我交谈的那位大姐姐,就是你们班的班主任。在学校有什不懂的,你可以问她噢!冰姐我就先撤了,放假再来接你哦!"冰姐将书包交给光儿,向他挥挥手,就离开了。光儿第一次与这么多小伙伴接触,哪还顾得上冰姐,随手接过书包,就又去玩了。

快到中午了,家长们都已离去。眼镜姐姐让大家站成两列,为每位同学都发了一张生活卡,领着孩子们向学校的一个餐厅走去。

刚一进餐厅的门,便闻到一股米饭与炒菜的香味,还有新鲜的水果香呢!餐厅的规模很大,每个窗口都有各种各样的菜,炸丸子、尖椒豆片、酱茄条、水果沙拉……总之,种类齐全,应有尽有!地上的瓷砖是浅橙色的,洁白的墙壁上,贴有各种美丽的海报,还有使人奋发向上的励志名言!真让人有种神清气爽,精神抖擞的感觉!

厅内设有多处饮品贩卖机,非固定的圆桌在餐饮区,整齐地摆放着。

眼镜姐姐说:"同学们!可以上各窗口打饭了,选好自己喜欢吃的菜肴,在刷卡机上,刷一下卡,便可购出自己喜欢的美食。"

小同学们一个个地快跑起来,到自己喜欢的窗口打饭，有的窗口人很多，但大家都自觉地按先后顺序，站好位置，等待打饭。

光儿打了炸丸子、尖椒豆片和水果沙拉，外加一大碗米饭，就近找了个没人的座，坐了下来，准备开吃。杜月也打完了，坐到了灼自光身边，同学们也都陆陆续续地坐了下来，班主任也打了饭，和孩子们坐在一起，每桌六把靠椅，光儿他们班，算上眼镜姐姐，一共三张桌，正好坐满。

坐在学校餐厅里吃饭，还可以听到悦耳的音乐，学习工作累了的人，来这里吃一顿饱饭，既补充了能量，又放松了身心，何尝不是一种享受呢？其他班的学生，也有来这里吃饭的，还有上二楼的。听说二楼有单独的包间！几个人在包间里，边吃边谈论重要事情，也不会被打扰！

大家吃饭还是比较安静的，没有过多地说话，吃完饭后，眼镜姐姐带领大家处理剩菜和摆放餐具，餐具只要放回清洗处即可，自有专人清洗，做完这一切，眼镜姐姐便带领孩子们向宿舍楼赶去。

六班的宿舍楼位于教学楼的北边，而六班的教学楼就在本班招生处的后面，女宿舍楼在男宿舍楼的前面，因几个餐厅都坐落于学校的中心区域，所以，大家一路向北赶去。

各种绿植，鲜花，树木，喷泉水池，已是校园内的普遍事物。你甚至可以清晰地听到泉水轻柔地作响！

到了女宿舍楼附近，眼镜姐姐让男同学向后边的男宿舍楼进发，自己则带领所有女同学，向女宿舍楼走去。

男生们也到了自己的宿舍楼门前，一个大伯把大家叫进寝卫室，让大家登记一下姓名，登记完后就可以随便选房间了，大家参观了一下，一楼有两个房间供大家选用，二楼有三个房间，并且二楼的房间都带有阳台。宿舍楼入口的一楼大厅，对应着二楼的晾衣间，一楼的洗漱间与卫生间位于最东边，二楼的洗漱间与卫生间位于最西边，通往二楼的楼梯口分别位于一楼大厅和一楼的东西两侧，共三条通路。

每个房间只有两张床，但其内设备都很齐全，光儿拿出骰子说："为了公平起见，大家抛骰子决定谁先选房间，点数大的优先，点数相同的，猜拳决定谁先选。"结果，光儿是第三个选的，他选了二楼东侧的第一个房间。杜月和他选择了一屋，最后一个选的，可能要落单喽！不过好在宿舍允许同学们相互窜舍。

每个舍间的设备与被子全都是新的，箱柜中，各种颜色的被罩、床单供大家选用。每个舍间的窗台，都有几盆绿植,正旺盛地生长着,有的绿植,还开了花,你甚至可以闻到淡淡的清香!舍内阳光充足,洁白的墙壁,正等待着新人为它装点。

眼镜姐姐到每个男生宿舍里转了一圈,就带领全部男生和女生会合了,并一起向教学楼赶去。

班级在二楼,眼镜姐姐把同学们直接带到班级,按大小个儿为大家排好座位。大家坐好后,整理了一下携带的物品。

这时,眼镜姐姐对大家说:"今后我就是咱们班的班主任了,我先自我介绍一下,我姓白,名云雁,大家可以叫我白老师,同时我也教大家数学。下面,请各位同学,也做一下自我介绍。哪位同学愿意,先介绍一下自己?"

教室里鸦雀无声,过了一会,光儿把小手举了起来!白老师伸手指向光儿说:"有请这位小同学,上台来做一下自我介绍!"随后,白老师走下讲台,将讲台让出。

光儿站在讲台中心,对大家说道:"大家好!我叫灼自光,很高兴认识大家,我今年八岁了,来自真之国的幸福村,我的爱好是看动画片与玩耍!我期望和班里的每一位同学,都能成为好朋友!"光儿讲完,教室里响起了一片掌声。随后,同学们也都陆续地介绍了自己。

第二章
神力初现

"同学们,昨天我们互相认识了一下,今天我们要选一位班长,有谁自愿当班长的吗?"

教室里陷入了沉寂,不一会儿,一只小手举了起来!心雨婷毛遂自荐道:"老师,我想当班长!"

"好,大家有意见吗?没有的话,今后,咱们班的班长就是心雨婷了。"

大家异口同声说:"没。"

"好!那我们开始上第一节课。"

铃声响了,下课了,杜月对灼自光说:"你为什么不当班长呢?"

"班长事很多的!与其当班长,还不如多玩一会呢!走,出去玩去。"

杜月笑着看向教室门口,摆了一下头,说:"走!"

学校围墙三十厘米厚,两米多高。叱达从传送通道走出,正好,位于学校外围。路人看见叱达,被吓得大叫:"妈呀!怪物呀!"立刻跑得不见踪影!

叱达看一下手表,用他那粗大的手臂,一拳,将围墙轰出一个大洞!叱达从洞中,直接进入校园!

一下午都是自然课,一位男老师走了进来,"大家好!我是你们的自然老师,我姓李,大家就叫我李老师吧!"

"自然课,顾名思义,就是让大家接近自然,了解自然的一门学科。所以,我一会带大家去学院北部的大森林中探索与学习。大家到时候,都带点水,我先点个名。"

一个牛头大猩猩身躯的怪物,在学园内匆忙地寻找着什么,所到之处,皆传来一阵惊叫!

李老师带领大家来到北部大森林,森林很大,放眼望去,怎么也望不到边。李老师为了锻炼大家!让大家至少两个人一组,进入森林之中探索。并且,在日落之前,必须回到森林入口处集合!

男孩子们一听,冒险的激情就出来了!女孩子们一听,有的也很兴奋,有的却有些害怕。胆小的女生都和强壮的男生组队了,三五一组地进入了森林,有些胆大的女生,两个女生一组,就直接进入了森林。大家都分好了组，纷纷进入森林之中。

灼自光和杜月，走在一条林间小路上。很明显，像女生一样纤瘦的二人，并没有成为女生们组队的目标。下午的森林很美，鲜花和绿草，在小路的两旁，争奇斗艳！林中的空气湿润而略带芳香，草丛中，时不时会有小动物穿过！同时，伴有蟋蟀的鸣叫。

灼自光与杜月慢慢地走着，同时，欣赏着美丽的大森林，下午的光线正好，林中不冷也不热，反倒是一阵清凉。突然，灼自光停了下来，他仿佛看见了什么，向小路的一侧走去。杜月有些纳闷，只见草丛中有一朵花，非常突出，但不知怎么地，竟然枯萎了。灼自光轻轻地拨开小草，原来花的根部，早已萎缩！这倒不是老化所造成的，而是进入了一种病态！灼自光手聚光能，慢慢地将光能传递过去，在光能如此般亲切的照耀下，那花的根部，竟奇迹般地恢复了！并且，整株花都焕然一新，草的绿，衬托着花的红，轻风拂过，这朵花摇摆着身子，微笑地看向旁边的二人，仿佛在说："谢谢！"

杜月惊叹道："没想到，你还有这种能力！告诉我，你是怎么做到的？"

灼自光站起身，说："我也不知道自己是怎么做到的。我只是认为，枯萎！并不应该是生命应该拥有的样子。"

杜月笑着，拍了一下灼自光的后背，说道："行啊！这种能力，我可不会！"

二人有说有笑，继续向前探索。突然，林中飞起好多大鸟！然而，行走的路人却不知，危险正在悄悄靠近！

叱达的手表，捕捉到了灼自光的神力，并迅速确定了目标的具体位置。叱达横冲直撞地进入了北部大森林，直奔灼自光而去！

大地正在微微颤动，二人感觉有什么东西，正向这边飞速奔来！只见，一双巨大的牛角向灼自光二人冲来，以迅雷不及掩耳之势在灼自光的腹部打了一拳！这一拳，直接将灼自光击飞出去！撞到后面的一棵树上，滑落下来。树被撞得发出了"咔咔"的响声，并出现裂痕！

鲜血从灼自光的嘴角里流出，灼自光勉强地站了起来，叱达向灼自光走去，并对灼自光说："把你脖子上的项链交出来！我或许，可以让你多活几分钟！"

杜月立刻跑到那怪物面前，对他说："你是什么人？怎么可以随便出手打人呢？"

"让开！"叱达大拳轻轻一扫，将杜月扫飞至侧边的一棵大树干上，也滑落了下来，但杜月被撞晕了。

灼自光用手，慢慢地擦了一下嘴角，不自觉地看向手掌，然后，狠狠地攥起拳头。此时，叱达挥拳又向灼自光冲来，灼自光大喊："我是绝对不会把父亲留给我的项链交给你的——"灼自光展开双手，向前招架！双手掌中散发出的光能，形成保护屏障，叱达的重拳，并未伤到灼自光分毫！灼自光用力一推，竟将叱达推出好远，脚踩的地也已出现深深的推痕。

叱达轻蔑地自语道："有点意思！"随后，右拳被黑色锥刺包围，他冲向灼自光，实施跳跃击，将冲力与自身的重力集中于右拳，向灼自光的屏障打去。灼自光右脚蹬着大树根部，左腿微弯，勉强招架，但双脚已陷入地中！

灼自光的屏障已出现裂痕！此时，杜月站了起来，摆出战斗姿势，万能手套在杜月手上出现。杜月飞快地向那怪物冲去，急刹、转身、冲拳，一拳打在叱达的胸部，随后，杜月大喊："雷爆——"

万能手套，发出淡蓝色雷炮，向目标轰去。霎时间，叱达的胸部，被雷能轰出一个大洞！叱达的攻击停止了，他笑笑，说："你们的噩梦，才刚刚开始！"同时，按响了地狱手表的起爆系统，手表发出警报！灼自光大喊："快趴下！"身体迅速地扑向杜月，三秒后，爆炸响起！叱达的身体四周，瞬间被炸出大坑！而他本人，也已灰飞烟灭！

灼自光已被炸晕！杜月慢慢移开压在自己身体上的灼自光。他蹲起来，慢慢摇晃灼自光的身体，呼唤他的名字，但灼自光，却没能立即醒来。杜月又测了一下灼自光的鼻息，确定他没死后，才松了口气。

　　太阳快要落山了，必须赶紧回去！杜月毫不犹豫地将灼自光背起，一步一步地向集合地点赶去。这时，挂在灼自光脖子上的光之结晶，闪了两下，有两个光点进入其中！

　　魔神山的副洞里，九个魔头正在黑暗中，利用中心的成像水晶，观察着一切，九个魔头，均只见其形，不见其色！邪心魔对众魔头说："兄弟们！我们的目标，出现了！"

　　灼自光慢慢地睁开双眼，发现杜月正背着自己，于是，赶快对杜月说："快放我下来，我现在可以自己走了！"

　　"哦！你醒啦！"杜月将他放下，揉一揉肩膀，说："看不出来，你人挺瘦，重量可不轻呢！"

　　"刚才谢谢你呀！要不是你，我恐怕，就已经成为那个怪物的拳下亡魂了！"

　　"没什么，咱们不是朋友吗？朋友有难，怎能见死不救呢？你不是最后也救了我吗？"

　　"嗯，话说回来，你那手套是怎么回事啊？好厉害呀！"

"这是我父亲,在我六岁那年,送我的生日礼物,他说是在黑市上看到的,样子蛮新颖的,就高价买了下来,送给我当生日礼物!但他不知道的是,这手套能大能小,能隐能现,其内还含有强大的能量!我经过两年的训练,现已将手套与我融为一体,你看我胳膊上的手套标记,这就是它隐身时的标记,我想让它出现,它便出现,想让它消失,它便消失,一点也不妨碍我做事!"

杜月将袖子往上一撸,便露出了清晰的手套图案。

灼自光仔细地看了一眼,便对杜月说:"真牛!快走吧,一会老师该找咱们了。"

二人向集合地点跑去。

地狱神殿中无苦对众人说:"看来叱达已经阵亡了!这灼烁的孩子,也不是什么好惹的茬!敢问,哪位将军可以去消灭他呀?"

一个身材健壮的侍卫,走上前来,说:"叱达这个头脑简单,四肢发达的家伙,失败了也正常!地岩星熔岩,愿为大王走上一遭。"

"好!岩将军,你去吧!戴上地狱手表。"

熔岩接过手表,无苦将传送通道再次打开,熔岩径直走去。

第三章
地狱熔岩

时间过得可真快呀！转眼，一周已经过去，灼自光他们也迎来了假期。假期是自己安排的，可以回家，也可以在学校内随意玩耍，学校的服务，除了长假以外，全天都为大家提供。

杜月已经和他爸爸回家了，灼自光还在校门口，等待冰姐的到来。一辆红色的跑车停在了灼自光面前，车门自动打开了，熟悉的身影，熟悉的面容，是炎叔！小灼自光拥了上去。

炎叔蹲下身子，微笑着对光儿说："光儿啊！这一周过得怎么样呀？想炎叔了没？"

"当然想了！可是，炎叔，我这周被一个怪物袭击了！那怪物好像是冲着我来的，而且他还想要我脖子上的项链。"没等炎叔回答,灼自光又瞅向炎叔说:"炎叔,你知道这是为什么吗?为什么校园内有那么多人!他偏偏攻击我?"

炎火轻轻地摸了摸光儿的头,对他说:"或许,这就是命吧!"

光儿听了他这句话,沉默了一会后,坚定地回答道:"炎叔!如果这真是命的话!恐怕我没有办法决定起点!但我可以决定终点!"灼自光说完这话,便向车门走去,炎火按了一下车钥匙,车门自动打开了。

此时的炎火,嘴角微微上扬,看着灼自光坚定的步伐,眼中充满着期待。

灼自光与炎火坐在前车椅上,炎火开着车,在回家的路上飞驰!公路蜿蜒曲折地穿入了一处荒野。荒野虽显得有些凄凉,但同时,也给人一种开阔、明朗的感觉!

传送通道这次在云层上空出现!熔岩从黑色通道里走出,通道马上就消失了。熔岩停在云层之上,看了一眼地狱手表,上身向前一倾,便像导弹一样,向下方扎去。

因高速下落,穿在熔岩身上的黑色大衣,被摩擦成灰,随风而逝,露出了熔岩那健壮的胸肌与发达的双臂,那身躯是由石块与岩浆组成!熔岩伸出右拳,向炎火的跑车打去!

"嘭！"的一声，红色的跑车被击飞，在空中爆炸！公路上留下了一个深深的痕迹，熔岩跳出坑来，看了一眼手表，又瞄了一眼四周，说："出来吧！炎将军，我知道，这种程度的攻击，伤不了你。"炸成焦炭的汽车碎片散落四周，却不见炎火二人。

就在这时，炎火一只手抱着光儿，另一只手握灼焰枪，从高空降落下来，用枪尖指着对面的袭击者，说："来者何人？为何犯我？"

熔岩将双拳，对碰了两下，说："炎将军，你可知地狱七十二精英？"

"你是说那个由地狱神无苦亲手创办的，专门执行任务的秘密组织？"

"看来，你也是有所耳闻的嘛！我就是地岩星——熔岩。今天，我是奉我主之命，特来执行任务的！但是，这个任务，好像不得不与炎将军斗上一斗了！"

"哦——那就放马过来吧！"

熔岩直冲而起，向炎火挥出重拳，炎火迅速闪身至地面，将灼自光安全放下，并对光儿说："光儿，你看好！炎叔用实战，教你战斗术！"

炎火闪身至熔岩身前，挥枪刺去，直刺熔岩胸膛，但熔岩瞬间消失了！

正义之光①

炎火自语道："不好！是假身！"立刻回头看向光儿，只见熔岩出现在光儿身后，双手合力捶地，大喊："熔岩烈狱！"灼自光脚下的大地，突然裂开！灼自光还没反应过来，就"啊——"的一声，掉入这火热的熔岩烈狱中！灼自光不断地下落，直至最底端的化骨岩浆池中！没了身影。

炎火咆哮着，一枪刺入熔岩的心脏，熔岩微笑着，左手抓住刺来的武器，瞬间面露狠色，挥出右拳将炎火击退。熔岩将插在心脏的枪拔出，随手扔向空中，灼焰枪落下，深深地插入地面。只见，熔岩的心脏处快速愈合！炎火一惊！熔岩高高跃起，双手合力，再次捶向炎火。炎火后退闪躲，熔岩捶在地面上，地面上不仅出现了裂痕，而且受击处还伴有红色闪光。红色闪光向炎火袭来，直到炎火脚下，炎火立刻来了一连串的后手翻，后手翻的每次定点处，都依次有强力的火柱喷出！

炎火快速立定，手中再次变出灼焰枪，插向身前的大地中，做猛力劈状，抵消了打来的火柱，形成一道火焰斩劈，向熔岩打去，熔岩双臂交叉，提到胸前抵挡，斩击过后，熔岩双臂出现一道伤痕，不过，伤口很快又愈合了！

熔岩闪现到炎火背后，一记重拳直击炎火腰部，炎火被击飞在地！熔岩将双手插入地中，吸取地热，强化双臂！双臂变得更加强壮而坚硬无比！炎火刚站起身，熔岩便双拳捶下！炎火赶快横枪招架，双脚瞬间陷入地里，炎火的嘴角有鲜血流出！招架的双臂也开始微微颤抖！熔岩提出右臂，一拳又打在了炎火的腹部，炎火再次被击飞，并口吐鲜血！

熔岩看炎火快不行了，轻蔑地说："我本以为号称神界五将军之首的炎火，能有多厉害呢！哼！原来，就这种程度！看来，我高估你了！"

灼自光的身体，已经沉入这高温的化骨岩浆池中，可却并未融化，灼自光的身体还赫然躺在岩浆池之中。灼自光昏迷了，但他似乎听到，有人在呼唤他。

"光儿！光儿！"

光儿慢慢地睁开双眼，发现自己正在一个温暖而又充满阳光的地方。光儿顺着光源抬头看去，一个英俊而祥和的身影出现在自己眼前！灼自光有种莫名其妙的亲切感，随即问道："你，你是谁？"

"孩子！你不认得我了吗？"

光儿激动地说："你是爸爸？"

那人回答道："是的！孩子！我们终于又见面了！"

灼烁降了下来，灼自光情不自禁地拥向爸爸，灼烁蹲了下来,父子想要相拥,但却互相抱了个空!双方似乎都有形无体。

灼自光看了看自己的手掌,又看向父亲,还是激动的责怪爸爸道:"爸爸,你和妈妈到底做什么去了?炎叔对我说,你们去了一个很远很远的地方!可为什么到现在,还不回来看我?"

灼烁慈祥地摸了摸光儿的头,对光儿说:"孩子!爸爸和妈妈,可能永远也不能再回来看你了。但爸爸和妈妈永远爱你!也会永远照耀你前行的!"

灼自光泪水冲向眼眶,但他并未让泪水流出!而是非常珍惜这次能见到爸爸的机会,对爸爸倾诉衷肠。

灼自光说:"爸爸,我不知道为什么?我从来没有惹过任何人,可我却总是受到陌生人的攻击,这是为什么呢?"

"孩子,你要知道,对立的双方是不能共存的!对于那些欺负到咱们头上的人,咱们没有必要手软!"

"可是爸爸,我不喜欢打架。"

"又有谁喜欢打架呢?要知道,真要打起来!总是会有伤亡的!可是,有时,我们又不得不去面对!"

灼自光握紧了拳头,说:"我知道了,爸爸。"

灼自光看了一眼挂在脖子上的项链说:"对了,爸爸,他们的目标除了我之外,好像对你留给我的项链,也很感兴趣!这又是为什么呀?"

"孩子,爸爸留给你的,可不是什么普通的项链!上面挂着的那个透明晶体,正是最强法器——光之结晶!光之结晶在与我融为一体前,它可是具有无穷的能量!并不断地向外放射出光芒!任何想要得到它的人,却都不能触碰它一下!自从它融入我的体内后,我再将它取出,它的光芒便消失了!换句话说,它现在就是一个空壳,但你不要小看这空壳!它仍能感应到能量的存在,只要你帮助它收集 23 点能量之光!便可将其注满,它将和从前一样,拥有无限力量!这也是你来人间的使命!你可不要小看人类!需要的能量之光,就潜藏在人类的内心!就看你能不能发现了!"

灼自光认真地听完爸爸说的话,向四周看了看,说:"爸爸,这是什么地方啊?我记得,我好像掉入了岩浆池中。"

"是的,孩子,你正是掉入了化骨岩浆池中!现已进入深度昏迷!"

"那爸爸,我还能醒过来吗?我必须出去!炎叔还在外面与敌人战斗呢!我想出去帮他!"

"放心吧!孩子,你炎叔一定能应付得了的。但你必须依靠自己的力量,冲出这熔岩烈狱!因为,就算是你炎叔,也没有办法,从外面救你出去!"

"爸爸,那你能帮我吗?"

"当然了!孩子。爸爸虽然没有办法,直接将你传送出去。但爸爸,可以教你出去的方法!这熔岩烈狱进来容易,出去却很难!想要出去,只有两种办法!一是,施法者再次施法,捶裂地壳,将你放出。二是,从熔岩烈狱内部,直接冲出去!但需要足够的力量!外面不懂此法者,是无法将你救出的!"

炎火再次站了起来,用左手擦去从口中流出的鲜血,熔岩以胜利者的姿势向这边走来,并得意地说道:"任务完成了!那小子,掉入了我的化骨岩浆池中,必死无疑!等这边战斗结束,我便可以取出光之结晶!而我现在,就送你上西天!"

炎火握紧拳头说:"可恶!"

又一记重拳袭来,炎火快速闪躲,并利用速度的优势与其拉开距离,熔岩想要快速解决战斗,将能量汇聚于双拳之上,向目标快速打出多道火焰拳击,炎火快速转动灼焰枪抵挡。抵挡过后,发现熔岩正向这边奔来,炎火快速将能量汇聚在灼焰枪之上,灼焰枪瞬间被火焰覆盖,炎火用力丢出灼焰枪,以迅雷不及掩耳之势穿透了熔岩的腹部！熔岩停了下来，低头看了看深深插入腹部的灼焰枪，再次将凶狠的目光对准了炎火！炎火瞬移至熔岩身后，将灼焰枪拔出！

熔岩又笑道："没用的！你这样是打不倒我的！"熔岩想要快速愈合，但却发现腹部有一股能量，正在与之对抗！熔岩下意识地看向自己的腹部。发现，刚才被穿透的地方，有不灭的火焰在燃烧！伤口不但不能愈合，而且还在不断地扩大！

熔岩大惊！说道："这不可能！这不可能！"然后，迅速转身，抓住炎火的胳膊，引爆自身！并恶狠狠地说："那就跟我一起陪葬吧！"爆炸声响起！炎火瞬间被炸到天上，又摔落回地面！晕死过去！

小灼自光听完爸爸的话，对爸爸说："我知道了，爸爸，那我现在，应该怎么做呢？"

"孩子，你记住！你是我的儿子！体内本身就具有强大的能量！只不过，现在你还不会运用罢了！来！你现在闭上双眼，集中注意力，去感受力量的存在！想一想你的伙伴，想一想袭击者的所做所为！再想一想，在外面，与敌人拼死奋战的炎叔！现在，告诉我！你看到了什么？"

灼自光睁开双眼，眼中倒映着熊熊燃烧的火焰！

正义之光①

此时的灼自光对爸爸说:"我看到了,正在熊熊燃烧的烈火!"

"没错!孩子,这就是你的力量!尽情地释放它吧!"

灼自光的身体慢慢地从岩浆池中浮起!渐渐地站立于岩浆面之上!灼自光的双手掌朝下展开,整个岩浆池中的所有火元素,都被灼自光吸入掌中!灼自光睁开炽热的双眼,身体伴有火焰冒出!灼自光用坚定的目光,向上看去,同时,右脚后退一步,右手随右脚向后摆,此时,灼自光右手中的火元素慢慢汇聚成枪形!灼自光瞄准上方,右手用力挥出!灼焰枪飞出,瞬间将地壳炸裂!灼自光化作一道火光,直接窜出!飞落到炎火身旁,灼自光眼中的火焰消失了,身体上伴随着的炽焰,也渐渐消散。灼自光蹲下,抱起躺在地上的炎叔,泪水止不住地流了出来!他摇动着炎叔的身体,口中大叫道:"炎叔!炎叔!你醒醒!你醒醒啊!"

炎火被光儿摇醒了!看见光儿不但没有死!还自己冲出来了!他欣慰地将手慢慢地放在光儿的脸上,轻轻地用大拇指为他擦去眼泪。炎火露出笑脸,对光儿说:"我们的光儿已经长大了!未来,一定会超越炎叔的!来!光儿,扶炎叔起来,炎叔带你回家!"

光儿将炎叔扶起,炎火苦笑道:"刚买的新车!就这么没了,不过,正好!炎叔教你飞行术!来!抓住炎叔的手,咱们,走起!"

眨眼间,二人腾空而起!飞向幸福村。

第四章
变星巧姬

　　灼自光在自己的房间里，回忆起昏迷时的经历，又仔细地看了看，悬挂在脖子上的光之结晶。他发现一贯洁白透明的光之结晶，底部竟多出两个光点！灼自光心想，看来爸爸说得没错！这里面已经注入了两点能量之光！就是，不知是何时注入的？灼自光的小屋，处处都体现出他自己的风格！从小就喜欢看动画片的灼自光，小屋的墙壁上，贴满了各种动漫人物的海报！就连桌柜上的摆设，也是以动漫公仔为主，满满的童年色彩！你若是第一次进入灼自光的房间，准会眼前一亮！

　　地狱神殿内，无苦右肘担在龙椅的扶手上，握拳支撑着一侧的脸，显得有些苦闷，不过很快，他的面容，就变得严肃起来！无苦摆正身体，对下面的众人说："没想到！就连以勇猛与智谋著称的岩将军！都战败了，看来，这个小孩，确实不好对付呀！那就更不能留他了！哪位勇士能把他做掉？我必有重赏！"说完，无苦看向两侧的侍卫。

"大王！奴家愿意前往！"一个婀娜的身影，妖娆地走了出来！

无苦看了一眼巧姬，对她说："你？能行吗？"

"大王，瞧您说的？论勇猛，奴家确实不如岩将军，可是，大王！对付一个小毛孩！需要勇猛吗？"

"好！就你了。"无苦将传送通道再次打开！巧姬走向通道，一脚已踏入通道中。无苦用手指轻轻指向巧姬的手腕，地狱手表出现在巧姬的手腕上，巧姬似乎没有察觉，进入通道中，没了身影。

两天的假期很快就过去了，灼自光明早又要上学去了。炎火、玄冰与土乐三人，在二楼大厅中开会。炎火将他接光儿回来的经历，告诉了玄冰二人，二人皆感震惊！

炎火说："地狱七十二精英中的区区一人，就把我打到这种程度！看来，光儿日后要面对的，是何等的凶险啊！不过，好在光儿的成长速度惊人，我想用不了多久，他便可以超越我们！"

正义之光①

玄冰说："明天我和土乐都很忙，还是你去送一下光儿。"

炎火说："我新买的车都干爆了！你让我怎么送啊？"

土乐说："我有办法！瞧，这是我在开拓新地时发现的！"土乐伸出一只手，并展开，一个黑色的小圆棒露了出来。

"这东西，我捡到后，研究了好久！现在，我可以断定，它绝对不是凡间之物！"

土乐朝前方按了一下小黑棒上的按钮，前方瞬间出现了一个黑洞！但该黑洞似乎没有引力，土乐示意二人看一下手表，并带领二人进入黑洞。这时，土乐的庄园中，另一个黑洞打开了！土乐三个人，从里面走了出来，土乐再次让二人看一下时间。发现！短短几秒钟的时间，三个人就从别墅，转移至土乐的庄园来！

土乐的庄园里种满了葡萄、甘蔗等经济作物。这时，土乐再次使用小黑棒打开黑洞，示意二人进洞，土乐紧随其后，三个人瞬间又回到了二楼客厅！

土乐解释道："这就是它的功能！我管它叫作瞬间转移器！这个，以后就送给光儿了！有了它，光儿既方便去学校，又方便遇到危险时逃生！"

玄冰有些疑问，便问道："那如何确定将要到达的

· 105 ·

地方呢?"

土乐说:"问得好!这正是秘诀所在!想要去哪里,你只需在脑海中,将你想去的地方,先想象出来。然后,再将你的旨意用神力传递给转移器,按一下开关,黑洞便打开了。"

玄冰豁然开朗,说道:"哦——原来是这样。"

炎火说:"好了,这件事情,就这样吧!一会,土乐把这个东西交给光儿,并告诉他使用方法。没别的事,大家就先散了吧!我也需要好好地休息一下了。"说完,炎火向自己房间走去。

土乐走进光儿的房间,光儿正在看动画片,土乐坐到光儿身边,陪他一起,看完了这集动画片。光儿这才发现,土乐正坐在自己身边,忙打招呼道:"土哥!你什么时候进来的?有什么事吗?"土乐把瞬间转移器交给光儿,并把使用方法,也一并告诉了光儿。见光儿高兴地摸索着,土乐悄悄地离开了房间,又轻轻地把门关上。

传送通道在学校附近打开,巧姬从通道中走出,第一次来人间的她,对这里的一切都充满着好奇。路边的小摊上,总有一些稀奇古怪的东西。她看见了,总忍不住,上来摸索摸索。

摊主对她说:"姑娘,喜欢就用钱买一个吧!"巧

正义之光①

姬一脸茫然地说道:"钱?钱是什么东西?"

摊主有些尴尬地说:"姑娘,你可别拿老头子我开玩笑!你都这么大个人了!你竟然问我钱是什么?"

巧姬真诚地解释道:"不好意思,大爷!我真的不知道钱是什么?"

"姑娘,我不知道,你是真不知道还是假不知道。但既然你问得这么真诚!我就好好为你解释一下。钱,自诞生的那一刻开始,就以具有交换价值的媒介流通于世界,它的真正价值,就在于使用性!打个比方说,你很喜欢刚才那个配饰,你就可以用钱把它买下来,今后这个配饰的所属权就归你了!这就是钱的价值所在!"

"噢!我大概理解钱是个什么东西了!不过,钱究竟长什么样子呢?"

摊主看姑娘若有所思的样子,便从兜里掏出几枚钱币,伸出手掌,给姑娘看了看,说:"这就是钱,也叫能量币!现在六国统一使用哦!"

巧姬点了点头,有点不舍地离开了摊位。

快要到上午八点了,灼自光刚睁开蒙眬的双眼,瞥了一眼闹钟,赶紧起来洗漱。洗完后,背上书包,打开黑洞就往里走,一眨眼,走到了教室门口。灼自光敲了敲门,喊了声:"报告!"室内回应:"请进!"灼自光打开门,老师看了一眼灼自光说:"来得挺准呀!赶紧回位!我们开始上第一堂课。"

地狱手表发出响声,巧姬这才看向地狱手表。手表显示屏中,有红点不断闪烁,巧姬渐渐向红点靠近。前方就是育英学院了,巧姬想从大门直接进入,但威武的门卫凶巴巴的,还需要验证身份!出示相关证件。巧姬索性离开大门,走到侧墙边,望着高高的围墙,摇身一变,只见一只金色的小鸟飞入了校园,落到校园内一棵又一棵大树的枝头上。她默默地观察着校园的每一处,并伺机搜寻着目标。

"丁零零!"下课铃声响了,又是一个阳光明媚的一天,好多孩子都在室外玩耍,灼自光他们也不例外。不过,孩子们的娱乐场所,可不仅限于室外,只要哪里有乐子,哪里都会成为孩子们撒泼打闹的天地!这里的气候很温暖,教室里的窗户一般都大开着。你瞧,灼自光对面的三楼教室里,就炸开了锅!孩子们的嬉笑打闹声,在外面也能听到!突然,有一个孩子坐在了窗台上!还背对着窗口!室内和他打闹的同学,嬉笑地轻轻推了他一把,可没想到,他突然失去了平衡!从三楼的窗口,跌落下来!

"啊——"

正义之光①

正巧，灼自光看见了这一幕，他迅速将自然垂落的右手，朝向那孩子掉落的下方，只见，他掌中亮光一闪，那孩子平安着地了，竟完好无损！

好多孩子都过来围观，有的将他扶起，问他道："伤到哪里没有？"他也很纳闷地摸摸全身，说："我去！我从三楼掉下来，竟一点事都没有！"旁边有个小伙子调侃道："我去，你有特异功能啊？来来来，再给我展示一次。"那孩子回答道："浩！刚差点没给我吓尿了！要试你试吧，我可不试了！"说完，便走开了。

他们班的老师知道了这件事后，真是为他们捏了一把汗啊！听说，后来推他的那个学生受到了严厉的批评！老师还特地为这些孩子们加讲一堂安全教育课呢！

杜月在旁边拍拍灼自光的肩膀，说："是你救了他！对吧？"

灼自光回答道："难道你我会眼睁睁地看着他摔死！而无动于衷吗？"

杜月严肃地回答道："不会的！我会尽我所能。"

巧姬捕捉到那一丝丝的能量波动，飞到这边的树梢上，将二人的对话皆听入耳中。

第五章
移花接木

铃声又响了起来,灼自光他们回到了教室中上课,巧姬就在教学楼前的大树上,静静地等待着。

两个小时过后,太阳直射着大地,同学们都放学吃午饭去了。巧姬紧跟着灼自光他们,一直到夜幕降临,晚自习开始!巧姬都没有找到下手的机会!

巧姬正独自在枝头上郁闷,突然,她看见灼自光他们班的班长心雨婷,正独自一人向校医室的方向走去。巧姬立即飞到她身后,现出原形,一下子将她打晕,抱起她,便快速地离开了现场!

校园北部大森林的入口,左右两旁各有一个5米多高的路灯,比路灯矮许多的大门,夜间总是紧锁着的!高高的路灯,可以照见大门内外两侧。巧姬抱着心雨婷

正义之光①

一跃而起，直接跃入大门内部，巧姬将女孩轻轻地放下，对昏睡的女孩说："小姑娘！只能委屈你一下了！"说完，将小姑娘五花大绑，封住嘴巴！将她放入麻袋中。巧姬将手掌朝向麻袋，手掌中有能量产生，这时，麻袋随手掌指向移动，巧姬将麻袋悬挂在前方一棵大树的粗壮分权上。说声："隐！"麻袋和悬挂的绳索就再也看不见了！而且刚才被麻袋挡住的树干部，又显现了出来！

巧姬得意地将右手从面部慢慢向下拂过，她的面部竟变得和心雨婷一模一样！她又摇身一变，身材、体型，就连穿的衣服都和心雨婷的一模一样，简直和心雨婷是一个模子里刻出的！连说话声音都一样！

做完这一切，巧姬便自信地跳了出来！奔六号教学楼而去。

进入六班的教室，巧姬向那唯一的空座走去，毫不犹豫地坐了上去，拿起一本她看不太懂的教科书学了起来，可她的目光却时不时地打向灼自光。

第一节晚自习下课了，教室里，霎时间又热闹了起来，巧姬走到灼自光面前，对灼自光说："灼自光！你的项链好漂亮啊！能摘下来让我看看吗？"

"哎呀！咱们的班长，什么时候活跃起来了？平常这个时候，不也在刷题吗？"

111

"瞧你说的！你还真以为我不会劳逸结合呀！本小姐想学就学，想玩就玩！有问题吗？"

听了这样的回答，灼自光有点意外，笑着说："没，没问题。"

"那你可以让我看一看你的项链了吧？"

"好的。"灼自光从脖子上取下项链，交给"心雨婷"，心雨婷用两根手指把光之结晶抓在手中，仔细地观察了一会，又将它戴在了自己的脖子上。

"灼自光！你看我漂亮吗？"

"漂亮！漂亮！"灼自光迎合地说。

"那就借给我戴两天如何？两天之后还你，可以吗？"

灼自光犹豫了一下，但"心雨婷"总是一副让人难以拒绝的样子。

"好吧！不过，到时候你一定要记得还我哦！"

"OK。""心雨婷"回到了自己的座位，此时，上第二节自习的铃声也响了。

巧姬这两天一直以心雨婷的身份与六班的学生接触，同时，也一直在找灼自光落单的机会，打算干掉灼自光，但一直没有合适的机会下手。

两天的期限马上就要到了，巧姬给灼自光写了张字条，放在了灼自光的教科书底下。第一节晚自习时，灼

正义之光①

自光整理桌面时发现了字条。

今晚第二节自习下课,先别走。

一个人来中心水池边,我有东西还你。

——"心雨婷"

看完字条后,灼自光既纳闷又高兴,纳闷的是,只是还一个项链,没有必要这么神神秘秘的吧。高兴的是,他还是第一次收到,有女孩子这么给他写信的!所以他虽然感觉有些奇怪,但还是决定,一探究竟!

晚自习结束,杜月叫灼自光一起回宿舍。灼自光把收到的字条给杜月看,杜月笑着拍拍他的肩,说:"行啊!你这是要走桃花运呀!那我就不打扰你了,先撤了。"

杜月走后,灼自光等人走得差不多后,只身一人前往中心水池。

中心水池边,巧姬摘下项链,照着项链的模样,巧姬在另一只手中,变出一个一模一样的结晶项链,并将原来的项链收入囊中,坐在水池台边,静静地等待着灼自光的到来。

灼自光从远处看见了"心雨婷"的身影,于是快速地跑了过来,刚一立定,还喘着粗气,便问巧姬:"这么晚了,约我出来,有什么事啊?"

"也没什么事,就是想和你说说话,顺便把这个还你。"巧姬拿出假项链递给灼自光。灼自光接过，笑着说了声："哦！"也没过多检查，就直接挂到了自己的脖子上。

皎洁的月光，照耀着周围，也照映着水池，水池里的鱼儿夜间更欢实了，在水中游来游去，还不时地吐出泡泡，探出头来，缓缓的水流声，总是可以让人心平气和。

"灼自光？何不上来坐会儿？你看，今天的月色多美呀！连鱼儿都欢快得不得了了呢！"巧姬掉转身去，背对着灼自光。

灼自光踮起脚尖轻轻地坐在水池台边，掉转身子。和"心雨婷"以同样的姿势，将双脚耷拉在水面之上，目光注视着水池中的鱼。

"灼自光，我发现你一听到别人谈论爸爸妈妈的时候，你的眼神中，就有股莫名的忧伤。说说吧！这到底是怎么回事啊？"

"自我记事时起，我就从来没有见过我的父母，到现在为止，我甚至连母亲长什么样子？都不知道！只是听炎叔说，'他们去了一个很远很远的地方，一直在做一件很重要很重要的事情，可能永远也回不来了！'"说到这，灼自光的声音有点沙哑。巧姬发现他的泪水马上就要涌出，但他却，仍然顽强地控制着！

正义之光①

巧姬连忙说道:"算了!算了,说点高兴的事情吧!对了,刚才你提到了炎叔,他是个什么样的人啊?"

巧姬将身体向后倾斜着,双手很自然地在后面支撑,看着灼自光正在努力地调整自己的情绪。巧姬知道,机会来了!

她再次倾斜身子,用一只手支撑着身体,另一只手则绕到灼自光的背后。一把锋利的匕首,在巧姬的那只手中出现!巧姬想要用匕首了结了灼自光的生命!可明明就差一步了,她这时却迟迟下不去手!她在脑海里时时告诫自己,作为一名地狱刺客,是绝对不能拥有感情的!但和六班的孩子们接触的这两天里,真的就一点感情都没产生吗?相比于地狱界的残酷训练!她似乎更喜欢这里的祥和与安宁。

灼自光调整好情绪,看向"心雨婷",巧姬猛地把手抽了回来,佯装什么也没发生的样子。还好,手中的匕首瞬间变没了,才没有被灼自光发现。

"我炎叔对我可好了!我觉得,他是世界上,最最最好的大好人!有时,我甚至可以在炎叔那里,体验到,像父亲一样的感觉!"

巧姬显然有些不自然了,灼自光问:"你怎么了?"

巧姬随机应变,双手捂着肚子,说:"没什么,就是有点不舒服。"

"那咱们还是赶紧撤吧！宿舍楼也要关门了，这里会越来越凉的！可别着凉了！"

二人转过身，跳下水池台，向六号宿舍楼赶去，一路上，巧姬并没有多说什么，只是有点心绪不宁。巧姬并不为刚才所做的决定而后悔！却为没能完成任务而自责。

第六章
水落石出

第二天上午,八班的学生在北部森林中进行自然学习,学生们深入地观察森林中的各种动物、植物,亲身体验深入大自然的感觉。在这里,没有解题时的烦恼,没有背课文时的压力,也没有考试时的紧张,有的只是孩子们天真、欢乐和自由的笑脸!

景阳刚是一个古怪的孩子,平时,总是一个人独来独往,也很少与人说话,就连进入森林内部,也经常是一个人。但他却毫无惧色!森林深处,也有大型动物活动!这些大型动物,一般不会主动攻击人类,不过,老师们仍然不允许孩子们进入森林深处。只允许在森林浅层探索,这也是为什么夜间北部森林的大门总是紧锁着的原因!夜晚,哪怕是老师,也不敢轻易地进入森林内部!

虽然北部森林存在着危险,但育英学院自创立以来,还没有一个学子在校园内残疾或死亡。这不但要归功于学校的管理制度,更要归功于学生们自己的安全意识!

大多数孩子望向不见尽头的森林深处,都会因感到危险而止步,只在森林的浅层探索。只有极少数的人,会结队往里再走走。有时,甚至都怕迷路!胆敢只身闯入森林内部的,八班里,恐怕也就只有景阳刚了。

在这两个多小时的时间里,景阳刚比班里的任何一个同学探索的地方都要远,此时,他正往回赶,因为,马上就要下课了,老师会点人数的。这一路,其实也没什么,大动物一只也没碰到。然而,深处的风景与浅层的并没有太大的区别。只是,多了几个种类的植物罢了。

景阳刚刚回到森林入口,老师正好要查人数,景阳刚快速地归入队中。

下课了,同学们都纷纷撤离。只有景阳刚还站在原地一动不动。比常人听力都好的他,似乎正在认真地听着什么,一个同学走过来,用肩膀碰了碰他,说:"喂!都下课了!你还在这里傻愣着干什么?"

景阳刚说:"你听,是不是有什么声音?好像是,一个女孩正在挣扎着呼救!"

"怎么可能？我怎么听不到？你会不会幻听了？"

"不会的！这声音虽然微弱，但清晰可辨！我现在可以确定！是从那棵大树上发出的！"景阳刚伸手指向那棵大树。

那个同学将一只耳朵对准景阳刚所指的那棵大树，仔细听了一会，摇摇头，说："那不是鸟叫吗？除了鸟叫，没有别的声音了！"

"不！鸟叫中绝对掺杂着轻微的女孩声！"

那同学用一只手，拍了拍景阳刚的肩膀，说："哥们，我看你不但幻听，而且脑子也有问题！你说树上有女孩的声音，那你告诉我，那么高，她是怎么上去的？飞上去的不成？再说了，你所指的那个方向上，除了树，什么都没有啊？不跟你浪费时间了！我也撤了。"

那位同学走后，就剩下景阳刚一个人还没有离开了。景阳刚再次确认，四下无人，他将右手掌放在左手掌之上，掌心相对，双掌交叉放于左腹前，颠倒后于右腹前，归正后于左腹前。然后，目视前方，展开双手，左右双掌向两侧做推状。只见，其双掌中有淡蓝色的闪电放出，并逐渐化形成一黑一白的双剑！景阳刚对准求救发声处，将白剑抛出，只见，一道白光闪过，吊挂心雨婷的隐形绳索被斩断！巧姬的神法被破除，麻袋显露，并下落。

景阳刚听见"嗯——"的一声,快速操纵左手的黑剑,指向麻袋下落的下方,喊了声:"大!"黑剑瞬间变得又长又大!还浮在地面之上,正好接住落下的麻袋。

　　景阳刚将麻袋轻轻放下,收回黑剑,此时,白剑早就飞回到景阳刚身旁了!两把剑分别竖直地停留在景阳刚的左右两旁!并慢慢消失。景阳刚解开拴绑麻袋的绳索,一个女孩的身影,渐渐地显露了出来!景阳刚将封住女孩口的黏带撕下,并解开捆绑女孩的绳索。女孩尽力地睁开双眼,微弱地呼唤着:"水!水!我要水!"这个女孩面容非常憔悴,似乎就要奄奄一息了!景阳刚见状,二话没说,将女孩背在身上,离开了北部森林。

　　上午正好没有课了,也快到吃午饭的时候了,景阳刚将女孩背到了附近的一个餐厅里,放在一个座椅上,自己则去买水打饭了。

　　水和饭已经买到,他轻轻地叫醒女孩,女孩慢慢地睁开双眼,看见眼前有水!立即,拧开瓶盖,"咕嘟、咕嘟"地灌了一瓶!停顿了一会。又看见眼前有新鲜的饭菜,便大口大口地吃了起来!都没顾上和眼前的这位男孩说话,不一会儿,一盘饭菜就被干没了!

　　景阳刚看出她并未吃饱,于是,又去买了两瓶水和两份饭,放在她面前。女孩虽然有点不好意思,但还是又干起饭来。两份饭再次被一扫而光,女孩这才打了个饱嗝,满足地摸了摸自己被撑起来的肚子。突然,她起身,快速地冲向卫生间,过了几分钟后,才回到原位。

女孩这才伸出手,对面前的男孩说:"谢谢你救了我!你好!我是六班的班长心雨婷!"男孩将手握了上去,说:"你好!我叫景阳刚。"

"真是不好意思啊!我实在是太饿了,你的饭和水的钱,总共多少?我补给你!"

"不用了,我只是有点好奇,你是怎么被吊上去的?"

"我也不知道,只记得那天晚上,我正走在去校医室的路上,突然被什么猛击了一下,就晕倒了!醒来时,已经被挂在高高的树上了!"

"能把你挂在那么高的大树上的人,一定很有趣!那人没杀你,就已经是万幸了!据我所知,这两天六班的班长一直都在!如果,你是真的,那六班现在的那个就是假的!可她为什么要这么做呢?"

"你问我?我怎么知道,我平时也没得罪过什么人啊?这家伙太可恶了!差点没吊死我不说,竟然还敢冒充我!不行!我得找她算账去!"

看见心雨婷气势汹汹地就要走,景阳刚立刻叫住道:"等等!你这样去很危险!这样吧,我帮人帮到底,你先找个地方好好休息休息。我帮你去六班探探情况,如果可以的话,我会把她邀出来!咱们给她来个当面对质,我看她还怎么装下去!"

心雨婷点了点头,说:"嗯,你说得有道理!"

"好!那你休息,我去了!一会,你可以到校园西部的大操场等我。"

心雨婷回答道:"好!我知道了!"

景阳刚离开了餐厅,快速地向六班的教学楼赶去!到了六班的教学楼门口,看见六班的学生正往外走,他在人群中搜索六班班长的身影。发现,她总是紧跟在灼自光的后面。

于是,上前打招呼道:"嗨!灼自光。"

"哦!景阳刚啊,你怎么有空到我们六号教学楼来?"

"怎么了?不欢迎啊?"

灼自光将一只手搭在景阳刚的肩上,说:"当然欢迎了!说吧,来这里有什么事吗?你可是个大忙人!如果没有什么要紧的事,你是绝对不会来到这里的!"

"我就是想带你去见一个人,不知,你愿意否?"

"难得稀客有这么一个小小的请求!我又怎么会拒绝呢?走!我们现在就去。"

景阳刚瞅向后边的"心雨婷",说:"六班班长,

正义之光①

你最好也一起去哦！到了，一定会给你一个惊喜的！"

巧姬说："惊喜？那我还真得去看看！"

三个人直奔西操场而去，西操场总共有两个入口，都位于操场东侧，东侧的中间是主席台，两侧分别是高高的观看台。大中午的，大家都去吃饭了。三个人进入西操场，发现，操场上除了他们三个和一个戴着遮阳帽与口罩的女孩外，再无他人！

那女孩走近他们，摘下口罩与遮阳帽，灼自光与巧姬皆是一惊！

灼自光看着前方的心雨婷，说："心，心雨婷？"又看向后边的"心雨婷"说："别告诉我，你俩是姐妹？"

前面的心雨婷指着灼自光身边的"心雨婷"，情绪激动地说："我怎么可能和她是姐妹！我才是真的心雨婷！她是冒充的！"

身边的"心雨婷"也说："灼自光！你别信她的！我才是真的！她是假的！"

"我是真的！你是假的！"

"我是真的！你才是假的！"

灼自光见两个心雨婷争执不休，从中打断道："停——"声音戛然而止。

"这么说，你们俩中，必有一真，有一假喽？"

123

俩心雨婷同时"嗯"了一声。

灼自光把景阳刚单独叫离,问:"你是什么时候发现另一个心雨婷的?"

"就是今天上午。"

"她当时是怎么被困住的?"

"是被装进麻袋,吊在高高的大树上!"

"你估摸着她被吊了多久?"

"至少应该有两天了!倘若再吊个半天,那她一定会性命不保的!"

"好了!我知道了!"

灼自光与景阳刚说完悄悄话,回到两个针锋相对的心雨婷面前,灼自光对她们说:"我有办法辨别你们谁是真,谁是假了!现在你们俩冷静一下,我来问你们一个问题!答错的,和答不上来的,必是假的!"

两个心雨婷回答道:"好!你问吧!"

"开学以来,你对我说的第一句话是什么?"

两个心雨婷沉思了一会,其中的一个心雨婷说:"我知道!"

灼自光用手掌指向那个急于回答的心雨婷,说:"那你说。"

"我开学以来,对你说的第一句话是'灼自光!该交作业了！'"

灼自光点了点头，走向另一个心雨婷，并问她："你确定？当时是这么对我说的吗？"

这个心雨婷肯定地回答道："没错！我当时就是这么对你说的！"

"好！我再问你，我当时是怎么回答的？"

这个心雨婷想了好久，那个心雨婷再次发言道："我知道！我知道！"

灼自光用手掌再次指向她说："好！那你来回答！"

"你当时说'作业都在桌角上放着呢！你自己去拿吧。'"

灼自光突然指向那个没有回答上来的心雨婷，说："我现在可以确定了！你就是假的！"

那个"心雨婷"突然面露狠相，说："既然如此，那就没有必要再装下去了！"巧姬变回原来模样，声音也恢复正常。手中变出两把被铁链连接尾部的菱形匕首！面对着灼自光，说道："没错！我就是地变星——巧姬，是专门来取你性命的！"

巧姬伸出匕首刺向灼自光，灼自光侧身闪躲，并与巧姬拉开距离，巧姬翻身将另一把匕首丢向灼自光，红色的灼焰枪在灼自光的手中出现，灼自光用枪将飞来的匕首打开。那把匕首在灼自光身旁飞过！巧姬的嘴角微微上扬，将那把菱形匕首快速拽回，锋利的棱刃在灼自光的上臂划过，一道血痕留在了灼自光的臂膀上，并不时地有血流出！

被景阳刚拉远的心雨婷，看见灼自光受伤了，便着急地叫道："你能把我从那么高救下来，一定也会些本事！你们不是好朋友吗？快去帮帮灼自光啊！"

"你们六班的事，我可不想掺和！"

心雨婷有点生气地说："那我去！"刚迈出一步，就又被景阳刚拽了回来。

"你去，就是在添乱！放心吧！我了解灼自光的，他一个人应付得了！再说了，我是从来不帮助男生打女生的！"

巧姬再次发动进攻，身体上前，双手一起将双匕首丢出！双匕首交叉扎向灼自光。"乓乓"两下，灼自光再次将双匕首打开！巧姬用力拽回双链，双链的交叉点向灼自光赶去，同时后方的双刃也向灼自光打来！灼自光快速挥起灼焰枪，自下而上一个斩劈，将前来的交叉点斩断，并迅速刺向巧姬。

枪尖已经到了巧姬的喉咙前，但却停止了！

巧姬对灼自光说："为什么停手？"

"因为我不想杀你。"灼自光将枪尖移开!

"可我是来杀你的!"

"我知道!你走吧。"灼自光转过身去,灼焰枪在他手中消失了。

"走?我还能去哪?回去,无苦大帅一定不会饶了我的!"

灼自光向前走了两步,停下,说:"那就永远不要回去了!"

这时,巧姬叫住灼自光,"等等!"她从口袋中掏出另一个光之结晶,说:"这个还你!你脖子上的那个是假的!这个才是真的!"

灼自光回过头,走到巧姬面前,拿起真项链,将脖子上的假项链拽下,丢在地上,将真项链重新挂到脖子上。

巧姬对灼自光说:"我得提醒你一下,以后别再这么天真了!随便把这么重要的东西,给任何人看!还有,地狱杀手中,真正恐怖的还没有出现!你自己,多多保重吧!谢谢你,放了我,巧姬告辞!"

巧姬向灼自光作了一个揖,便要离开,此时,地狱手表发出响声!

灼自光大喊:"不好!快摘下你的手表!"巧姬还没有反应过来,灼自光随后又说:"来不及了!"同时,变出一把匕首,划向巧姬手表的绑带,手表脱落,灼自光顺势向斜上方快速地丢出匕首,匕首穿透脱落的手表,并带着手表冲向天空!伴随着一声巨响,惊动了在整个校园里栖息的所有鸟兽!

短短的几秒钟里,虽然有惊无险,但还是让在一旁观看的心雨婷,心有余悸!

巧姬微笑着,再次向众人作了个揖,地上散落的武器消失了,巧姬自己也变成一只小鸟,飞离了这里。

战斗结束了,灼自光的伤口也愈合了,好在没留下疤痕。灼自光松了口气说:"总算又能消停两天了,走!景阳刚、心雨婷,我们吃饭去!"

心雨婷说:"不了,我还不饿,我得回宿舍休息休息,你俩去吧!"

灼自光将一只手搭在景阳刚的肩上,对心雨婷说:"那好!那我俩先去吃饭了,不过,今天的事情,要记得保密哟!"

心雨婷笑笑说:"好的,我知道了。"

第七章
幽冥猎人

神域东南方的幽冥地界，甚是凄凉，说来也奇怪，神界内是那么美丽，那么欣欣向荣，而这里却植物稀少，缺乏生机。可能，是因为这里的环境比较恶劣的缘故，所以，能在这里生存的植物，那一定是非常顽强的！

在幽冥山的洞穴里，无悔的心情并不好，她现在已经无法专心地修炼了。她对幽龙说："那贱人的孩子，已经在人间出现！幽冥界所有的赏金猎人，都已潜入人间，你去通知他们，我要高价悬赏能提来灼自光人头者！"

幽龙拱手道："是！"便走出山洞。幽龙站在山洞门口，将左手摊开，手中变出七道密旨，他用右手将密旨铺在空中，分散于各个方向，幽龙大手一挥，喊了声："去！"密旨向四面八方飞去。

神佛寺的大殿内，极乐正带领众弟子打坐，大家都闭着双眼，面向极乐，整齐地坐成两列。

不多时，极乐睁开双眼，对众弟子说："金鹏，惠生，你二人均是我最优秀的弟子！我现在分别交给你二人一个重要的任务！"这时，众弟子都睁开双眼。

"金鹏——"

极乐右前方的第一名弟子站起身，答道："弟子在！"

"自从上次被两个蒙面人袭击后，我乾坤袋里的所有发明，均散落人间。金鹏，你去趟人间，帮我寻找到所有失落在人间的发明！倘若，已有好的归宿，被用来做一些有益于人民的事，那你就不用管了。倘若，落入奸人之手，被用来为非作歹！那就不惜一切代价！将其收回！你戴上这只手表，里面有我所有遗落的发明的信息。"极乐将表抛给他。

金鹏接到表后，作揖答道："弟子遵命！"

"惠生——"

极乐左前方第一名弟子站起身，回答道："弟子在！"

"你也去人间一趟，去看看人间现在的发展如何？是否仍有陷于苦海者？如果有，就尽力劝导他们一下，如果没有，那就再好不过了！"

惠生作揖答道："遵旨。"说完，二人消失在大殿内。

正义之光①

极乐继续带领众弟子打坐,轻轻地闭上双眼,众弟子也如是做。

在一处天然的池塘边,一位英俊的少年,头戴斗笠,正坐在一块大石头上,悠闲地钓着鱼,旁边有一只很特别的老虎,蹲坐在那少年的身旁!突然,一道密旨,在那少年的前方出现,并缓缓地打开。蹲坐的老虎站了起来,对少年说:"主人,幽冥界的密旨到了!"

"我知道了。"少年抬头看了看密旨后,放下鱼竿,摘下帽子,将一只手轻轻地对准密旨,五指慢慢地展开,那密旨顷刻间,被炸得粉碎!

少年说:"早闻太阳神灼烁,曾与一名非神的女子结婚,并诞有一名男婴,早在神界大战之前,就被秘密转移至人间。整个人间,能让大王出如此重金悬赏的!除了他,还能有谁?"

"那——主人的意思是?"

"太阳神的事迹我也听说过,他确实是个让人敬佩的人!只是不知,他与一个非神女子的后代,会如何?走!啸虎,我们去会会,那个名叫灼自光的人!"

"好的,主人。"

啸虎和少年一起跳下石头,啸虎走到少年前方,大声嘶吼!少年前方便出现一个黑洞,一人一虎走入黑洞中。随后,黑洞缩小,直至消失。

在育英学院的六班教学楼顶,另一个黑洞出现了!少年与啸虎走了出来。少年向下俯视着自由活动的人群,少年眼冒金光,一眼就锁定了灼自光的位置,少年的嘴角微微上扬,说:"啸虎,想必那个便是灼自光了!"同时,用下巴指了一下,灼自光所在的位置。

啸虎看向那个方向,点了点头,发出"嗯——"的声音。

"啸虎,你看见灼自光旁边的那个人了吗?"

"嗯。"啸虎再次点点头。

"那肯定就是灼自光的好友,你去想办法,把他给我绑来!"

"可是主人,我们的目标不是灼自光吗?绑旁边那个家伙做甚?"

少年对啸虎说:"不把灼自光的好友绑了!他会出全力与我作战吗?"

啸虎再次点点头,领命而去。啸虎走着走着,便用两条后腿站立。这时,啸虎所站立的地方,地面上出现一个黑洞,将其吸入,啸虎消失在楼顶之上。

铃声响起,孩子们都放学吃午饭去了。灼自光和杜月回班拿了点东西,二人拿完东西,刚走出楼房,杜月的脚下,突然出现一个黑洞!将其吸入。杜月进入了一个神秘的空间！里面黑乎乎的，什么也看不见。杜月警惕地环顾四周，说："谁？谁？快给我出来！"

这时，在杜月脚前方的地面上，慢慢地浮现出一个人的身影！杜月看着这个人的眼睛，问道："你是什么人？"啸虎的眼睛，霎时间，变成了旋转中的催眠眼！不一会，杜月便陷入了沉睡。啸虎轻松地将他擒走。

第八章
勇士对决

灼自光刚走下第一个台阶,回头一看,刚才还紧跟着自己的杜月,不知去了哪里!灼自光断定,杜月一定是在刚出教学楼门口时不见的!因为,在那之前,二人还有说有笑的。灼自光感到奇怪,再次进入了教学楼,回到班级,找了一遍杜月,可还是不见其踪影,于是灼自光来到监控室门前。

监控室的门并没有锁,灼自光进入监控室。此时,监控室里的工作人员,还并没有下班。灼自光向工作人员求助道:"叔叔,你能帮我调一下,刚才大概11点左右,在楼门口的监控吗?我有个好友,在楼门口失踪了,我想看看,他到底是往哪个方向走的?"

监控室里的大叔,很热情,也很麻利。很快,便把刚才在楼门口时,发生的监控画面调了出来,可就在杜月消失时,监控画面突然没了信号,只是一瞬间,却又自动恢复了信号。可画面中,就只剩下灼自光一个人了!

楼房顶的地面上,出现一个黑洞,啸虎一只手,擒着杜月浮了上来,上前汇报道:"主人,我已经将灼自光的好友,捉来了!"

少年回答道:"干得不错!他的好友先交给我吧!你去通知灼自光,想要救他的朋友的话!就只身一人,来北部森林见我!"

"好的!主人。"

少年将手掌对准杜月,杜月瞬间被绳索绑好,少年带着杜月,飞向校园内的北部森林。

灼自光看完监控,说了声:"不好!"便飞快地赶往楼下。这时,在楼顶上的啸虎早已等候多时!灼自光刚一露头,啸虎便团了一张纸条,猛力地丢向灼自光的脑袋。

灼自光听到,有东西向这边砸来,右手快速地做出反应,抓住了打向耳朵的纸团。灼自光快速地看向纸团发射地,啸虎微笑着,潜入黑洞之中。灼自光回过头来,打开纸团,上面写着:"你的朋友在我手里,想要救他!就一个人到北部森林来!"

灼自光看完，说道："可恶！"攥紧拳头，手心一把火，将纸团瞬间化为灰烬！随后，灼自光立刻向北部森林跑去。

杜月被少年绑在一棵大树下，少年则在一根粗壮的树枝上，悠闲地仰卧着，一只腿搭在另一只腿上，手中变出一个小金棍——笔来大小——用右手的二拇指，支撑着平放的小金棍，让它保持平衡不掉，同时，三拇指给小金棍的一边施加点力，使它在二拇指上保持旋转。

黑洞在少年的脚边打开，啸虎从里面走了出来，立定后，对少年说："主人，他来了！"

"做得好！一会我和他打起来的时候，不论发生什么，你都不要插手！你只需看好树根下这个就行了！"

啸虎答道："遵命！"

灼自光进入了北部森林，一眼就看见了被绑在大树下的杜月，于是，飞快地跑了过去，到了大树下，伸手就要解开捆绑杜月的绳子。树上的少年停止了转棍，将棍停在了二拇指上，轻轻向上一挑，小金棍飞了出去，在空中旋转了一圈，变大，又旋转了一圈，插在了灼自光与杜月之间的地面上。此时的小金棍已有小孩手腕般粗细，一米八来长。插入地面处，周围已有微微的裂痕！

灼自光愤怒地看向上方，灼焰枪在手中出现。少年从树枝上跳下来，说："别着急嘛！只要你与我比试一场,你赢了我,我就放了你的朋友,但你要是输了!哈哈,那你的朋友就……"少年做了一个抹脖的动作!

灼自光握枪的手更紧了!他用枪尖指着少年,说:"说吧!怎么比?"

少年道:"很简单,咱们在这个圈内战斗,谁先出圈,或谁先倒下丧失战斗能力,就算输!"同时,用一只手操纵着金棍,在前方画了一个大圈!

"好!"

两个人走入圈中,于两侧拉开架势!一个红枪鲜如血,一个金棍闪天金!

灼自光向少年飞奔而去,举枪便刺,少年用棒一拨,将灼自光的冲劲拨向一边,随后,少年转身一棒,灼自光也转身一枪,只听见一声枪棒撞击的剧烈声响,双方僵持了一会,少年说道:"还挺有劲的嘛!不过,也仅此而已!"少年突然加大了力量,灼自光的双脚,开始向后滑去!眼看着离圈线越来越近,灼自光轻微收缩,又猛一用力,将少年震退。少年并未退多远,灼自光快速转身蓄力,又挥一枪!少年双手提棒抵挡,这下,可被击退得挺远!地上也留下了深印。

少年微笑着说:"不错嘛!"同时,横向平举左手,这时,从少年身上一左一右,冒出两个一模一样的少年!

均拿着棒子！少年说道："兄弟们，上啊——"两侧的少年冲了上去，右侧的少年，给灼自光来了个扫棍，被灼自光接下，此时，左侧的少年，给灼自光又来了个挑棍！灼自光直接被击飞，最后一个少年，腾空而起，双手举棍，对准下落的灼自光的腹部，就是一棒！灼自光被打吐血！重重地仰摔在地！口中又喷出一大口鲜血！连灼焰枪都被摔飞了！

少年轻蔑地说："这就解决战斗了，真没意思！啸虎，动手！"这时，少年的分身也消失了。

啸虎用利爪准备切开杜月的喉咙！

灼自光大喊道："等等！我还没输呢！"同时，双手扶地，慢慢地站了起来！又摆出战斗姿势。少年手中的武器消失了，突然，他瞬移到灼自光面前，一个膝顶又一次命中灼自光的腹部！灼自光显然很疼，少年又是一套组合拳，灼自光赶快拆拳抵挡，并找准时机，猛力地挥出右拳反击，可这一击，早已被少年看破，少年顺势抓住灼自光打来的右拳，给灼自光来了个过肩摔！灼自光又一次被暴摔在地！这次，他眼前忽明忽暗，甚至，都可以听到自己的心脏在"怦！怦！怦！"地跳动！

少年背对着对手，往回走，边走边慢慢地数数："三、二、一！啸虎，动手！"

正义之光①

没等少年说完,灼自光又举起一只手,说:"等等!我还没有输呢!"

少年转过身来,灼焰枪再次出现在灼自光的手中,灼自光扶着灼焰枪又站了起来!少年见状,手中变出金棍,说了句:"你找死——"猛力地用金棒扫去,金棒变长横扫而去,灼自光竖枪抵挡,少年又趁势举棒下砸!灼自光举枪防御,这一下,显然很猛!灼自光的鞋已微微陷入地中!

少年道:"再给你加点料!"随后,金棒的攻击端,变得碗来粗细!灼自光的双脚,进一步地陷入地面,同时,支撑的双手也开始微微地颤抖,少年见灼自光还在苦苦支撑,又腾出左手聚能,对准毫无防备的灼自光,连发三枚能量弹!三弹均命中灼自光。

灼自光被打得单膝着地,汗水从脸颊划过,洒落在地面上。但是,灼自光仍然在苦苦支撑,或许,这就是最后的倔强吧!少年厉声呵道:"啸虎,动手——"

灼自光依旧大喊:"我还没输呐。"随后,身体逐渐被火焰覆盖,灼自光再次站了起来!少年见灼自光还不放弃,又发了三枚能量弹,向灼自光打去!火焰从灼自光身前涌起,直接吞噬了打来的能量弹,同时,火焰从灼自光的手部,向灼焰枪蔓延,直至整个灼焰枪都被火焰覆盖，进而又快速向金棒蔓延！

少年冷笑道："五行之力吗？这个我也会！"少年的双臂岩化，火焰顺着金棒，已蔓延至少年手边，可到了手边，就停止了。少年用岩拳捶地，一列岩锥依次突起！冲向灼自光，灼自光快速抬高右手，同时侧移，解放左手，也猛击了一下地面，一股火光进入了地中，将突来的岩锥击碎！又打向少年。少年挥动长棍，再次打向灼自光。火焰突然从少年的脚下喷出，将少年击飞，少年的金棍挥了个空。少年快速地缩回金棍，在空中锁定灼自光的位置，将金棍再次变长变大，戳向灼自光！霎时间，灼自光所在的位置，就干冒烟了！那里的地面被戳出锅来大的痕迹！可却不见灼自光的尸体，少年一惊，立刻转身看去！这时，变长而来的灼焰枪，枪尖已刺入少年的胸膛！

少年露出了满意的笑容，说道："别打了！算我输了，你的朋友，你可以带走了！"

灼焰枪缩了回去，少年也慢慢地降了下来。此时，啸虎赶快过来搀扶主人，灼自光也奔向杜月。

啸虎扶着主人，看着少年的鲜血从伤口里流出，担心地说："主人你受伤了！"

"这点小伤算什么？"少年将左手放在胸口上方，注入能量，伤口正以肉眼可见的速度愈合，不一会，就复原了，连衣服都完好如初！少年抬起右手，手心朝下聚能，一道眩光过后，打斗的痕迹与画的圆圈，都消失了。一切都恢复如初，就像什么都没有发生过一样！

灼自光解开捆绑杜月的绳索，将杜月背到身上，大声责问啸虎二人："你们对他做了什么？为什么昏迷了这么久！还不醒！"

啸虎回答道："只是中了我的催眠术而已。回去，你往他脑袋上，泼点清水，他自然会醒。"

少年严肃地说："啸虎，我们走！"

啸虎走向前，大吼一声，黑洞再次打开，少年与啸虎向黑洞走去，在踏入黑洞前，少年侧头说道："太阳神有子如此！神界的未来有希望了！"

灼自光背着杜月，离开了北部森林。却不知，脖子上光之结晶中的两个光点，刚才在一直闪烁。

第九章

天国之旅

少年与啸虎从黑洞中走出,回到了他们原来钓鱼的地方,少年跳上大石头,盘腿坐在上面,接着钓鱼,啸虎再次变成一只老虎,惬意地倚在少年身旁。

啸虎不解地问:"主人,我真不明白,咱们到底是哪一派的?"

少年回答道:"啸虎,你记住!咱们哪派也不是!我们就是赏金猎人,别人给钱,我们办事!但也不是什么事都能办!"

啸虎点了点头,说:"嗯,那幽冥界那边,我们怎么回复?"

"直接拒绝!这单,我们不做了!"

"好的,主人!不过,这次你可得给我多钓几条鱼,就当是这次的差遣费了。"

少年瞅向啸虎,笑笑,又摸了摸他的头,说:"保证满足你!"

灼自光他们放学了,冰姐早就在校门外等待灼自光了。灼自光也明白,上学时大家都没时间送他,但放学时就不一样了,冰姐、炎叔,还有土哥,一般都会轮班来接灼自光的。

灼自光坐上玄冰姐姐的车,直奔家的方向而去。

刚到家,一进门,一个陌生的面孔,便向灼自光迎来,摸了摸灼自光的头,说:"这就是灼自光吧?长得可真帅!"炎火忙在一旁介绍道:"这位是你金鹏叔,他曾经也是神界五将之一,不过,现已入了佛门,此次前来,是专奉神佛旨意,来人间寻找失落的发明品的!"

小灼自光"噢"了一声,没有多说什么,便走上了二楼。毕竟这么多年不闻不问,难免会有些生疏。

金鹏此次前来,一则是为了看看太阳神之子与曾经的战友们。二则也确实是来寻找失落的发明!因为他发现,极乐给的寻物手表显示,大部分发明品的位置,都在灼自光所在的学校内!

晚上,四位将军在客厅内一叙,金鹏有事请大家帮忙,他想以灼自光表哥的身份,潜入育英学院,以便于寻找失落的发明品。

土乐说:"这事好办,交给我吧!灼自光的入学手续就是我给他办的。"

金鹏说:"那太好了!这样一来,不仅有利于寻找发明品,而且,也能更好地保护灼自光了!"

炎火说:"没错!那就这么办吧!土乐尽快办理入学手续,金鹏周一开学,就与灼自光一起,去上学吧!"

这时,炎火的电话响了,炎火站起身,走了几步,接了个电话,回来后,对大家说:"就这样吧!大家可以散了,我有点事情要处理。"说完,拿起外套,便走出了门。

和所有孩子一样,假期的生活分为两部分,一部分时间用来做作业,另一部分时间用来自由支配。

两天的假期,一眨眼便过去了,金鹏变成灼自光般大小,也背上书包,和灼自光一起进入了传送通道。

灼自光走进教室,回到座位上,眼镜姐姐见有新同学加入,便向大家介绍道:"这位是我们班的新同学,他叫金鹏,同时也是灼自光的表哥,大家欢迎!"

教室里响起了热烈的掌声,眼镜姐姐给金鹏安排完座位后,对全体学生说:"学校今年组织的跨境游玩活动,咱们六班和三班抽到了第一组!两班将一起乘坐专属列车，去我们的东边邻国——天之国，体验游玩。提前通知一下大家，天之国是六国中唯一一个没有人类居住的国家，那里是天然森林保护区，周边有军队驻守，一般是不允许人随便进入的！"

教室里欢呼一片，同学们似乎都很喜欢这次游玩活动！

眼镜姐姐又说道："明天早上，大家在南大门口集合，站成两列队，等待列车到来。大家下课后可以为本次游玩活动，提前准备准备！对了，本次游玩回来，也是要写一写游玩感受的！好了，现在收收心，我们开始上课！"

早晨的空气可真清新啊！六班和三班的同学们早早地站好了队，等待着专列的到来。孩子们都有说有笑，寂静的校园门口，迎来了往日不曾有的欢声笑语！

三班的一位少年，名叫雷鸣，姗姗来迟，都有才对雷鸣说："全班就差你了，你怎么还是和平常一样？严肃个脸，难道你就一点都不激动吗？"

雷鸣走到都有才身旁，站在队伍的最后边，说："有什么好激动的？"

"这两天我们可以完全地放松，不用再为学习的事情而担心！一想到，从现在开始，我们便可以疯玩两天！我的心就有一种按捺不住的激动！"说完，都有才将双手握在一起，高兴地眯起了双眼，仰起脖子，激动得左右摇起了头来！还自动地抬起了脚跟。

看见都有才如此的高兴，雷鸣点头，"嗯"了一声，说："但，对我来说都一样。"

这时，两个班的班主任一起走来，分别走到六班和三班的前头，对领班的班长说："大家都到齐了吗？班长查一下人。"两个班的班长认真地数了下人数，对班主任说："齐了！老师。"专列准时地停在了校园门口，学生们站排，依次进入专列。这时，位于排尾的都有才，用身体碰了一下雷鸣，对他说："你看大家都带了个包，你怎么什么也不带呀？"

雷鸣回答道："不是说，吃的用的，学校都管够吗？"

"是的，但一些私人专用品，总得自己带吧？"

雷鸣一想，也是，立马转身从衣兜里拿出一颗蓝色的药丸，吃下后，雷鸣眼中蓝光一闪，"嗖！"的一下，没影了，几秒钟过后，一阵风似的，又跑了回来，与之前不同的是，手中多出了一个提包！

目睹了刚才发生的一切，都有才惊呆了！过了一会他才反应过来，眨眨眼，说："早闻雷鸣你自幼习武，可没想到，竟能达到如此境界！真是了不得呀！"边说边竖起大拇指。

雷鸣看向前方，挺一挺脖子示意，都有才转过身，

正义之光①

也看向前方，这才发现，自己已被前面的同学，落下好远！于是，赶快跑了过去，雷鸣也和他一起跑过去，同时，在后面自语道："要是练武真能练到这种程度！那才真是稀罕呢！"

大家都进入了车内，车内很大也很宽敞，对位四座中间提供一个桌面，供大家使用。车内通风良好，坐在柔软的车椅上，简直舒服至极！桌底下有成件的矿泉水，桌上和座椅上方的储物台中，放有一大包一大包的零食和甜点！均为大家免费提供！

整个车内的所有学生，有的玩起了扑克，有的正在下各种棋类，还有的在一旁观看。车内还放着使人心情放松的音乐，你可以看到，整个车内，都充满着自由、欢乐与童真！

两位班主任，从外室走来，观察一圈后，示意让大家安静一下。其中一个班主任对大家说："我们这次的旅程有点长，每到一个重要站点，列车都会停下，休息几分钟！大家可以利用这段时间，下车呼吸一下新鲜空气。同时，每个站点都配有商店与卫生间！不过，大家一定要掌握好时间哟！"

另一位班主任说："还有就是，晚上咱们会在由本校开办的宾馆内进行入住！全体师生以及学校工作人员一律免费。到时候,所有男生和白老师一起到北楼入住,所有女生和我一起去南楼入住。好了,我们该说的都说了,同学们,请继续吧!"

安静了一会的车室,马上又恢复了原状。

妖界位于神域的东部,在妖祖无邪的治理下,那里四季常青,满山遍野地都长满了花草树木,可谓是整个神域中最具有自然风采的地方。那里生活着各种妖兽,同时,还有一群可爱的小精灵们!

一团有灵性的鲜绿色气体,正在不断地撞击妖界的保护膜。只见她浮空而起,自身高速旋转,一次次地撞向保护膜,可保护膜仍旧完好无损。

这时,林中飞来了两个花精灵,其中一个指着绿气团,对另一个说:"大姐,你看!那不是小七吗?"另一个花精灵,看向她所指的方向,说:"走,我们过去看看。"

"小七,小七,你这是在做什么呢?"

绿气团看向这边,说:"噢!是大姐,二姐呀!我只是想去人间。"

大姐问道:"去人间做甚?"

"姐姐们都已修成形体!可以亲身体验,触碰那万物,闻那鸟语花香,品那酸、甜、苦、辣的感觉。而我到现在,还没有修出形体!甚感悲凉。我听花祖奶奶说,人间的物质资源丰富，可塑性强！或许，以你那纯粹的灵魂，也只有在那里，才能修出形体。所以，我一定要去人间！"

二姐说道："我们花精灵神力微薄，别说外围还有神域的保护层了！就连内侧的妖界保护膜，咱们都不见得能穿过！我劝你还是省省心力吧！"

小七回答说："我相信！我一定可以穿过保护层的！"

见小七仍然那么执着地撞击着保护膜，二姐又说道："无趣，大姐我们走吧！找小六她们玩去。"

大姐没有多说什么，和老二一起飞走了。

小七再次撞向保护膜，与以往不同的是，她这次高速旋转之后，不再以团状形态去撞击。而是以一根长针的形态！集中力量于一处，撞击目标于一点！"嗖！"的一下，她竟然穿过了妖界的保护膜！而且，就连神域的保护层，也一并穿过！随后，便向人间飞去。

第十章
森林中的神秘少女

地狱神殿的大厅内,气氛严肃又沉寂,厅内虽然黑暗无比,但也纪律严明!

无苦打破沉寂,对众人说:"以我现在的力量恢复程度,应该可以同时将两名地狱战士,传送至人间!我就不信,我地狱界的两名精英,还干不掉一个灼自光?地剑星剑闪,地杀星杀无鸣。"

"在!"两位黑衣人站出。

"我将你二人同时传送至人间,你俩,一是除掉巧姬这个叛徒,二是干掉灼自光,拿回光之结晶!"

"喏!"

通道打开,二人进入通道,消失在大厅之内。无苦将二人传送过去后,大口大口地喘着粗气,似乎刚才费了不少能量!

不一会,在人间的天空上,有通道打开,二人从通道中走出。

杀无鸣对剑闪说:"先对付哪一个?"

"当然是叛徒了!我最讨厌叛徒了!"

二人将身上的黑衣扯掉,只见二人都二十出头,身体虽不能用强壮来形容,但也透露着精干的气势!剑闪的左右腰间,各配有一把宝剑!而背后背有一双大轮镖的杀无鸣,则更像一名武士!

剑闪将左手摊开,有一颗正六边形的水晶从手掌中浮出,水晶中呈现出巧姬飞行时的画面。而她正在飞行的地方,正是天之国的森林上空。剑闪将水晶向前方丢出,水晶在空中变大后,停止不动。剑闪带头穿入水晶,杀无鸣也紧跟其后,当二人再次从水晶中穿出时,此时已到天之国森林上空,而巧姬,就在前方!

剑闪快速飞到巧姬前方挡住去路,巧姬见是剑闪,手中变出双剑,却不知,一只被铁链操控的大轮镖,正从后方,向她打来!一下子,便从后背刺穿了巧姬的心脏。鲜血已染湿该处的衣巾,巧姬看了一眼从胸膛穿出的镖齿,又慢慢地回头看向另一个敌人。还没等完全回过头来,另一名敌人便拔回轮镖,巧姬眼前一黑,身体后仰,跌落下去。

灼自光他们在宾馆里住了一宿，吃过早饭后，又启程了。

杀无鸣飞到剑闪身边，对他说："叛徒已经解决！现在，我们该对付灼自光了！"

剑闪看了一眼地狱手表，微微一笑，手表显示，红色光点正在向这边慢慢赶来。剑闪说："正好！我们就在这里埋伏他吧！"

"嗯，也好！"二人隐匿在丛林之中。

又用了半个上午的时间，灼自光他们总算是到了天之国的边境。边境驻有军队把守，两位老师下了车，出示一下六国通行证，军队们立刻放了行。

直到中午，学生们才到达目的地——天之国大森林！这里有整个人间最干净的山，也有最天然的清水，还有最清新的空气！老师给每位同学都发了一张地毯，这里气候温热，老师让同学们在林中休息。但不可以走远，一会凉快凉快，还要带领同学们扎帐篷呢！

话虽这么说，可总是有一些不听话的学生，雷鸣便是其中之一，你瞧，他从口袋里拿出一粒红色药丸，一口吃了下去，眼中闪过一道红光后，他脚一使劲，便跳到了一棵高高的树杈上，立刻消失在众人之中，就连附

正义之光①

近的都有才,也不知道雷鸣去了哪里!

雷鸣站在树枝上,向远处及四周眺望,而后,从一棵粗壮的树枝跳到另一棵粗壮的树枝,继续眺望,这时他隐隐约约地看见,远处的一棵树下,似乎躺着一个人!于是,他便一步一步地跳了过去,打算看个究竟。

当他离那人越来越近时,他发现,那个躺着的人,胸口已受了重伤!他赶忙跳了下去,用手探了探巧姬的鼻息,又碰了碰巧姬的脖颈,发现,尚有余温!雷鸣自语道:"或许还有救!"手中变出药王食盒。他打开食盒,从中拿出一粒金丹,毫不犹豫地扶起巧姬的上身,掐开她的嘴,便给她服下丹药,丹药下行,入腹。不刻,巧姬的伤口便快速愈合!

灼自光也不是个闲人,他和杜月、金鹏一起,偷偷进入森林中探索。他们想更近地了解一下天之国密林。这时,金鹏的手表发出反应,金鹏意识到,这里有人使用药王食盒!他便悄悄离开二人,飞向手表指示的地方。

金鹏躲在草丛里,目睹了刚才雷鸣使用药王食盒救人的全过程,他满意地点了点头。就在这时,一根细长的绿针!穿过云层,向林中射去!插在了森林之中的地面上。同时,向四周散发出一些能量!林中的一些鸟被惊起,吸引了雷鸣的注意,雷鸣看向鸟飞起的地方。灼灼自光二人也发现了这一点，向鸟飞起的地方赶去。

巧姬感觉到，刚才那股能量很不一般！她猛一睁眼！隐去身形，离开了。雷鸣回过头来，这才发现，刚才还有伤的人，怎么一眨眼就不见了？只留下地面上的一片血迹。

金鹏同样感受到了这股能量，他怕灼自光有危险，立刻飞回到灼自光身边。剑闪和杀无鸣，自然也感觉到了这股力量！剑闪嘴角微微上扬，说："看来，这林中，还有高手！"

杀无鸣说："正好！咱们的目标也往那边去了，走！咱们也过去看看，到底是什么情况？"说完，二人也向那边赶去。

灼自光、杜月、金鹏三个人正行间，金鹏突然停下，对灼自光二人说："你们赶紧走！这里，好像有客人来了！我来好好招待招待他们，一会就与你们会合。"

灼自光和杜月倒也听话，很快地离开了这里。

灼自光二人走后，金鹏大声叫道："二位既然来了，就别躲躲藏藏的了！你们想动灼自光，除非先从我身上踏过！"

剑闪和杀无鸣分别从金鹏的前后方的丛林中走出，剑闪说道："我说嘛！这林中还有高手，原来是神界的金鹏将军啊！"

杀无鸣说："那我们二位，今天可就领教领教了！"

剑闪又说："早闻金将军最厉害的形态是你的第二形态！请将军用第二形态与我们战斗！"

金鹏高傲地回答道："对付你们，还用得着我第二形态？"

杀无鸣变出双镖，说道："你找死！"丢出一镖打向金鹏，金鹏手中变出月牙戟，转身打回飞来的轮镖，剑闪快速拔出左佩剑，瞬移到金鹏身旁，奋力斩劈，金鹏转身抵挡，用力将剑闪振退，后边又有轮镖飞来，金鹏向上闪躲，同时，旋转身体，用月牙戟向下方四处，发出多道月牙斩劈！杀无鸣抛出双镖，用铁链操控两只轮镖，使其快速转动！在高速转动下，两只轮镖就像两个黑洞一样，吸收了打来的月牙劈！而剑闪则挥出两道剑气，抵消了打来的能量，剩下的月牙劈，有的劈向了树木，有的打在了地面上。树木和地面都被打出了深深的刀痕！

杀无鸣收回双镖后，又丢出一只轮镖，向金鹏打去，金鹏打开轮镖，此时，剑闪早已出现在金鹏身后，挥剑砍去，金鹏快速招架。

双方陷入僵持，这时剑闪对金鹏说："金将军，你是第一个让我用双剑作战的人!"随后,拔出右佩剑,同时,在金鹏的右腹部至右上胸,留下一道长长的剑伤!这时,后方打来的轮镖,也从金鹏的心窝穿出头来!金鹏此时的反应变得迟钝了,剑闪趁势以极快的速度,围绕着金鹏转了一圈,期间攻击金鹏不计其数!最后,回到原点,背对着僵直的金鹏,停了下来。随后,调转双剑,直插金鹏的腹部!金鹏的左右腹部也被击穿!金鹏张着嘴,似乎要说些什么,但没能说出来。此时的金鹏,全身负伤八十余处!随后,剑闪和杀无鸣同时拔出武器,金鹏睁着眼睛,张着嘴巴,掉了下去。剑闪这才将双剑归正,插入剑鞘。

金鹏摔落地面,倒在了血泊之中。

剑闪郑重地说:"走!我们下一个目标,就是灼自光!"二人瞬间消失。

插入林中的长针,变成许多微小的绿色光点,不一会,就重新组合,竟变成了一位甜美的少女!一身鲜绿色的衣裙,艳人心扉。她这走走、那看看,这瞧瞧、那望望,天真、可爱又自然!

灼自光和杜月正走间,发现前方有动静!他俩便潜入林中的草丛里,静静地观察着外面。只见一个绿衣秀发的少女,迈着欢快的步子,正朝这边走来。灼自光看

正义之光①

清那少女的整个面貌后,心里为之一振!那少女走着走着,突然停下了脚步!她似乎发现了什么,原来是一只翅膀受伤的小鸟,正在地上哀叫。少女轻轻地把它捧到手里,用她手中发出的绿色光芒为其疗伤。不一会,那鸟,便可以在少女的手中活蹦乱跳了!少女轻轻地将它放飞,鸟儿在少女的头上空,盘旋了好久,才飞走。

此时,灼自光脖子上的光之结晶有了感应,正在闪闪发光,不一会,便从少女的身上,飞来了一个光点,进入了光之结晶中。随后,感应消失,光之结晶也不再发光。但这时的灼自光,将全部的注意力都集中在了少女身上,忘却了周边的一切!目睹了少女刚才的举动,灼自光的心里更加喜欢了!此时的灼自光魂都不在了!身旁的杜月发现了这一点,拍了一下正蹲在草丛里的灼自光的肩膀,对他说:"怎么?喜欢呀?喜欢就去打招呼呀!"灼自光激灵一下,回过神来。却已被杜月从草丛中挤了出来。正好被少女看到!灼自光有些尴尬,又有点不好意思。他不好意思地朝少女摆了摆手,打了声招呼说:"嗨!"他脸都红了起来。

少女突然叫道:"别动!"赶快跑过来蹲下,灼自光按她说的一动不动,原来,灼自光的右脚边,险些踩中一朵小花!可这朵小花,本身就弯折了,而且,本不应该是紫色的茎部,也呈现出了不健康的紫!对于这种花,茎部理应为深绿色!可如今,怎么会这样了呢?

少女双手掌再次发力,绿光过处,小花弯折部复原了!紫色也消退了!就是还在打蔫,这样下去用不了多久,它还是会死的!灼自光左手聚能,温暖的光芒在灼自光的左手中出现,灼自光慢慢将能量推向小花,小花能量充沛了!向着美好绽放自己!少女笑了,灼自光也笑了。没错!这才是生命应该有的样子!

灼自光伸出手掌,对少女说:"你好!我叫灼自光,敢问姑娘芳名?"

少女将手握了上去,说:"你好!我叫小七,灵小七!"

雷鸣巡游时,又在一棵大树底下,发现一具躺在血泊中的尸体!雷鸣自语道:"怪事了?怎么这年头,还有这么多尸体?"雷鸣走近一看,可把雷鸣吓了一跳!这,这不是六班新来的同学,金鹏吗?来的时候,一路坐车,还好好的,怎么现在成了这个样子?倒像是个刚战死沙场的将军!

雷鸣赶紧蹲下,看看他是否还有救,可奇怪的是,金鹏的呼吸没了!心跳也停止了!就是身体还没有彻底僵冷,救了许多人的他,这次他真的有些绝望了!但他还是抱着试一试的心态,变出药王食盒,拿出金色丹药。

与以往不同的是,这次他一下子拿出了三颗金丹!并喂给金鹏。三颗金丹入腹,金鹏腹中有亮光射出!随后,金鹏全身上下,所有的伤口,无论大小,均有蒸气散出!所有伤口正以肉眼可见的速度愈合!没过多久,金鹏的心跳恢复了,鼻息也渐渐响起!

金鹏双眼慢慢睁开,醒来的第一句话便是:"快扶我去找灼自光!他有危险了!"

雷鸣本想劝他多休息一下,可看见金鹏那坚定而又焦急的眼神,他只好照办了。

剑闪和杀无鸣同时从空中出现!杀无鸣丢出一只轮镖,向灼自光与小七之间的小花打去。灼焰枪在灼自光的手中出现,灼自光侧身迈步,挡下了打来的轮镖,同时,非常冷静地说:"杜月,保护好这位姑娘!"随后,腾空而起,对剑闪二人喊道:"我就是灼自光!有本事就来追我吧!"说完,灼自光快速地飞离了这里。

剑闪说:"没错!他就是灼自光,脖子上戴的那个便是光之结晶!走,我们上!"二人追灼自光而去。

灼自光飞着飞着,感觉差不多了,便停了下来。剑闪飞到灼自光前方,微笑着说:"怎么不跑了?"灼自光提枪答道:"没有必要再跑了!"举枪便刺向剑闪,剑闪立刻拔剑应对,双方进入了激战!这时,后方有轮镖打来，灼自光转身击飞。剑闪看准时机，一剑刺来！灼自光左手虎爪聚能，控制住剑闪刺来的剑，另一只手挥枪砍向剑闪。剑闪立刻回剑后闪，同时向灼自光发出两道剑气，灼自光挥动灼焰枪破除！不觉间，后方双镖再次打来，灼自光飞得更高来闪躲。杀无鸣见镖被闪躲，直接双手操控铁链，进而操纵轮镖旋转。高速平面旋转的轮镖，产生了强大的吸力！从后下方吸引灼自光的双臂，灼自光的双臂正与吸力对抗，暂时无法行动。剑闪瞄准灼自光，用力发出多道斩劈，打向灼自光，灼自光全身瞬间被火焰覆盖，强劲的剑气打在灼自光身上，灼自光竟毫发无损！

　　灼自光强力挣脱吸力，闪现到杀无鸣身后，一枪挥下，杀无鸣背后被劈出长长裂口！裂口处鲜血奋流！杀无鸣倒下了。

　　剑闪拔出另一把剑，奋力地冲了过来，灼自光也飞了过去，双方再次进入激烈的战斗。剑闪打着打着，故意与灼自光拉开距离，降到地面上，双手松开双剑，双剑悬空飘浮，剑闪双手操控双剑，与灼自光又陷入了激战！

　　灼自光的后方，杀无鸣又慢慢地站了起来，拿起一只轮镖，便向灼自光打去。这时，林中飞出一把飞刀，将轮镖打偏，轮镖从灼自光的身旁飞过。灼自光意识到，后面的敌人还没有被消灭,但自己已然脱不开身了!

突然,巧姬从林中窜出!飞到灼自光身后,背对着灼自光,双手握剑,侧头对灼自光说:"这边这个家伙交给我吧,你专心对付那个!"

灼自光回应道:"好!"更加专心地对付剑闪。

雷鸣扶着金鹏向杜月这边赶来,小七见又有人来了,便交给杜月一个香囊,让他转交给灼自光,杜月收下,小七就不见了。雷鸣与金鹏,一步一步地走来,金鹏问道:"灼自光呢?"

杜月答道:"刚才来了两个可怕的人,但灼自光只身将他们引走了。"

"往哪个方向走的?"

杜月指了指西南方,雷鸣、金鹏便又向西南方赶去,杜月也跟在其中。

杀无鸣奋力丢出轮镖,巧姬手持双剑与其相持,轮镖一次次地被挡回。杀无鸣再次控制一只轮镖,施展吸盘,巧姬动作受阻,杀无鸣将另一只轮镖丢出。巧姬见自己无法移动,就索性变成磁石,吸附在轮盘的镖齿之上。杀无鸣另一只镖扑了个空,巧姬却不见了,杀无鸣只好拽回双镖,哪知巧姬竟从轮镖上窜出来!举剑直刺杀无鸣!杀无鸣立刻交叉双臂,加快轮镖拽回速度,巧姬自然知道这招，快速向上空闪躲，双镖未命中目标，回到杀无鸣双手。杀无鸣奋力挥出最后一镖！可是，却从巧姬的下方飞过。巧姬自上而下，势如破竹，一剑刺穿了杀无鸣的胸膛！

灼自光这边，应对不断打来的双剑，伺机寻找破绽。突然，他快速击开双剑，转动灼焰枪并将它猛力推出！灼焰枪飞向剑闪，飞行时被火焰覆盖！剑闪眼中火光一闪，已被灼焰枪穿透胸膛！剑闪的双剑也即将封了灼自光的喉！但近在咫尺，却无力维持！双剑掉落下去。剑闪倒下了，伴随着一声爆炸，被炸得尸骨无存！

灼自光身上的火焰消失了，"嚓！"的一下子，杀无鸣丢出的那轮镖，正中灼自光的心脏，鲜血从灼自光的伤口流出，灼自光僵直不动了。

杀无鸣已经奄奄一息，临死之前笑了笑，拔出轮镖，巧姬这才意识到不对，回头看了一眼灼自光，这才发现灼自光已跌落下去！等巧姬再回过头来，伴随着亮光，爆炸响起！巧姬被炸得360°翻身飞起，又摔下，而携带地狱手表者则灰飞烟灭！

过了一会，巧姬醒来，赶快去看灼自光的情况，见灼自光没了呼吸，她抱起灼自光便往回飞，正好看见中午救她的那个人，她赶紧落下，她双手捧上灼自光，对雷鸣说："少侠，你既然能救我，想必也能救他，还请你救救灼自光啊！"巧姬将捧灼自光的手抬得更高了。

雷鸣答应道："好好好！你先将他放下。"

雷鸣再次使用药王食盒内的金丹，救了灼自光，灼自光醒来，第一眼就看向杜月，问："小七呢？"

巧姬见灼自光没事，就离开了。杜月凑上来，将小七给的香囊，交给了灼自光，同时，对他说："小七离开了，她让我把这个交给你。"灼自光接过香囊，轻轻地握在手里。

金鹏见灼自光没有了生命危险，这才放心地提醒大家说："天色不早了！我们得赶紧回去！晚饭前，两位老师一定会查人的！"

杜月说："没错，我们得赶紧回去！"灼自光起来与三个人一起赶向森林出口。

到了森林出口，发现老师们正领着一些学生，在左右两侧搭着帐篷。灼自光他们也加入了其中，忙乎了起来。

男女帐篷分别位于左右两侧，中间的大帐篷，是两位老师的！夜间大帐前生有一把火，两位老师轮流守夜，不让孩子们受到丝毫的伤害。

灼自光躺在帐中，观看着香囊，心想着小七，他发现香囊内有一张纸条，便拿了出来，上面写着："明早，第一次见面的地方见。"灼自光看完字条后，笑了笑，将纸条叠好，放回香囊。旁边的杜月已进入梦乡，灼自光关了帐灯，也安然入睡了。

第二天早上，灼自光随便吃了点东西后，就只身潜入森林，来到约定的地点，这时，小七从一棵粗壮的大树干里走出。

小七对灼自光说："谢谢你，昨天帮忙救了小花！"

"这，这个还你。"灼自光伸手递给小七香囊。

小七没有拿回，说道："如果你喜欢，那就送给你好了。"灼自光收回了递过去的手，看了看香囊，将它轻握在手心。

小七又说："谢意我已表达完毕，没有别的事的话，我就告辞了。"

"等等！我们还能再见面吗？"

"当然能了，这样吧！我再送你一个东西。"

小七从衣兜中拿出了一个漂亮的铃铛，送给了灼自光，说："我就住在这里，下次想要见我，就进入森林，摇响铃铛，不刻，我便会出来见你。"说完，小七离开了。

灼自光接过铃铛，有点不舍地往回走去。

列车已准备就绪，灼自光他们踏上了回校的旅途。

——至此，正义之光①完